인생을
혼자 살아갈
너에게

인생을 혼자 살아갈 너에게

서툰 오늘과 결별하기 위한
엄마의 지혜

다쓰미 나기사 지음 | 김윤정 옮김

스스로 삶을 책임지고
살아간다는 것에 관하여

저는 '아이는 세상이 내려주신 것'이란 게 평소 생각이었어요. 그래서 아이가 독립을 하면 아이를 세상에 돌려준다는 마음이었답니다. 부모자식 간의 인연을 끊는다는 의미는 물론 아니고요.

어려운 일이 생기면 부모한테 기대는 것은 결코 부끄럽거나 잘못된 일은 아닙니다. 다만 지금껏 당연시 여기던 지원이나 원조로부터 약간 거리를 둔다는 느낌으로 이해하는 것이 자립과 자율의 시작이라 할 수 있겠지요.

태어나서 지금까지 부모님은 여러분을 애지중지 키워오셨을 테지요. 그렇게 아끼는 자녀를 떼어놓는 불안이나 적적함에도 불구하고 홀로 스스로의 삶을 책임져 살아보기를 권하는 이유는 무엇일까요?

바로 자립해서 사는 경험을 해봤으면 하기 때문입니다.

자립이라는 말에서 '자신의 행동에 책임을 진다'거나 '스스로 과제를 찾아 해결'하는 추상적이고 차원 높은 느낌이 들 수도 있을 텐데요. 부모가 자녀에게 바라는 자립은 보다 실천적인 의미로 일상생활을 할 수 있는 기초가 되는 삶의 태도를 말합니다. 부모님과 함께 살 때는 스스로 깨우치기 어려운 '생활과 인간관계(사회성)'를 가리키지요.

생활의 흐름을 의식할 수 있다

하루하루를 별 탈 없이 보내고 건강하게 학교나 직장에 가는 게 당연해 보이지만 녹록하지 않습니다. 생활을 제대로 유지하겠다는 의지와 작업이 필요하기 때문이지요. 지금껏 일어나면 아침밥이 차려져 있고, 집을 나서기 전에 입고 나갈 옷은 깔끔하게 세탁되어 있고, 외출하고 돌아오면 '잘 다녀왔냐'고 누군가 맞아주는 일이 일상이지 않았나요?

누군가 시간과 노력을 들여 여러분을 위해 해주었기 때문에 가능했던 생활이랍니다. 혹시 지금 '요리에는 자신이 있으니까 아무런 문제없어'라는 생각을 한다 해도, 한 끼 식사를 맛있게 만드는 능력과 매일매일 다른 일도 하면서 '아침은, 점심은, 저녁은 어떻게 요리해 먹을지'를 고민해서 냉장고 속의 식재료와 지갑 사정을 감안해 생활해가는 능력은 완전히 다르다는 사실을 금방 깨닫게 될 겁니다.

생활은 커다란 흐름 같은 일입니다. 한 번 쓰레기를 버렸어도 다음에 또 버리지 않으면 금세 쓰레기투성이가 되는 것과 마찬가지랍니다. 돈을 무계획적으로 쓰면 다음 돈이 들어올 때까지 생활이 어렵게 됩니다. 식재료를 사서 채워 넣지 않으면 냉장고는 텅텅 비게 되지요. 한 주만 빨래를 하지 않으면 속옷과 양말이 부족하게 되고요. 이웃을 생각하지 않고 심야에 큰 소리를 내거나 한밤중에 쓰레기를 버리면 대번에 민원이 들어오겠지요.

누군가 수고해준 덕분에 여러분이 모르는 사이에 쓰레기가 버려져 있거나 냉장고에 우유가 채워져 있었던 겁니다. 스스로 자신의 모든 것을 책임져보지 않고는 이러한 '생활의 흐름'을 전혀 인식하지 못할 가능성이 큽니다. 머릿속으로 상상하는 것과 실제로 생활에 부닥치는 건 아주 커다란 차이가 있습니다.

한 번이라도 스스로의 생활을 책임져본 경험이 있는 사람은 생활의 흐름을 파악해서 자신이 '언제 무엇을 해야 할지' 알게 된답니다. 이 흐름이 몸에 배면 자기의 인생을 제대로 돌볼 수 있을 뿐만 아니라 다음에 누구와 같이 살더라도 능숙하게 생활을 함께 꾸려나갈 수 있게 되지요.

남에게 기댈 수 있는 용기를 배운다

조금만 익숙해지면 이제 뭐든지 할 수 있다는 생각이 들기 쉬워요. 반대로 혼자서는 절대 못 해내겠다는 생각이 뼈저리게 드는 부분도 있을 겁니다. 그것은 대단히 중요한 순간이며 인간적으로 성장할 타이밍이기도 해요.

밤늦게 어두운 집에 홀로 돌아와 쓸쓸해하거나 싸늘한 방이 춥다고 느낄 때 혹은 감기에 걸려 누워 있자니 그 많은 SNS 친구는 다 어딜 가고 정작 옆에는 아무도 없어 서러울 때면 혼자의 한계가 사무치게 느껴질 겁니다.

진정으로 혼자만의 고독과 한계를 아는 사람이라면 진정으로 남에게 의지하고 다른 사람과 함께 살아갈 수 있습니다. 뭐든지 스스로 할 수 있다고 자기 선언을 했다면, 남에게 의존하거나 지배하지 않는 강인함을 지니면서도 서로 힘이 되어주는 인간관계를 만들 수 있게 될 겁니다.

자기계발의 시초라 일컬어지는 오스트리아의 심리학자 알프레드 아들러가 남긴 많은 명언 가운데 '궁극적으로는 우리의 인생에 있어 대인관계 이외의 문제는 없는 것처럼 보인다'는 말이 있지요. 그만큼 인간사회는 대인관계가 인생을 좌우한다는 뜻인데요. 사람과 사람의 관계를 소중히 여기며 자신이 상대방을 필요로 한다는 사실을 있는 그대로 받아들이면 인간관계의 어려움은 대부분 극복할 수 있을 겁니다.

이직이나 이혼도 흔한 일인지라 인간관계도 변하기 마련인데요. 앞으로의 인간관계에서 괴로운 일이 있을 때면 '이제 그만 이 관계에서 벗어나고 싶어'라는 결심이 필요할지도 모릅니다. 저도 홀로 서는 경험에서 사람과의 관계를 배웠어요. 인생 선배가 주는 조언이기도 하답니다.

부모자식 관계는 태어날 때부터 계속 이어지지만, 아이가 집을 떠나 홀로서기를 시작할 때가 그때까지의 부모자식 관계를 일단락 짓는 분기점인 것 같아요. 일반적으로는 결혼해서 집을 떠날 때, 취직해서 사회인이 될 때를 자립이라고 보는 경우가 많지만 아침부터 저녁까지 스스로의 삶을 스스로 책임지는 경험을 시작할 때야말로 자립이라 하겠지요.

지금까지는 마련해둔 살림살이나 일용품 등 생활에 필요한 물품이 갖춰진 집에서 보살핌 아래 보호받으며 살아온 인생이었을 거예요. 이제부터는 홀로서기가 시작됨과 동시에 스스로 판단해서 생활하지 않으면 안 된답니다. 이제부터는 부모가 보살피고 자식이 보호받던 관계가 바뀌는 것이지요.

부모가 자녀에게 의지하는 일도 생길 겁니다. 부모자식은 서로 대등하게 하나의 인간으로 대하면서 살아가야 한다고 생각합니다. 부모자식 관계에 대해 진지하게 생각해볼 기회가 되면 좋겠네요.

이 책에서는 자립해서 살아가기 위해 필요한 여러 지식과 기술에 대해 설명할 겁니다. '그런 건 다 알고 있어'라는 생각이 드는 부분도 있을 거예요. 하지만 인간으로서 평생 스스로의 힘으로 살아가는 데 정말로 필요한 것을 담았습니다.

1장부터 마지막 장까지 스스로의 힘으로 계속 살아가는 데 큰 어려움이 없도록 필요도, 우선도, 중요도가 높은 순서로 정리했습니다. 이미 자립해 살고 있어도 꼭 처음부터 읽으시길 부탁드려요. 인생을 살아가는 데 있어 반드시 필요한 부품을 말끔히 갈고닦는다는 마음으로 말이지요.

이제 인생의 새로운 문이 열리려고 합니다. 설레는 마음으로 새로운 세계 속으로 들어가볼까요?

다쓰미 나기사

'스스로 챙길 수 있다'는 건 얼마나 당찬 기쁨일까요.
하나부터 열까지 나를 둘러싼 모든 일들을
스스로 책임지는 때야말로
진정한 어른으로서의
큰 한 걸음을 내디딘다 할 수 있어요.

세상에 남겨진 나를 위해
어머니가 쓴 인생의 지혜

저자 다쓰미 나기사는 이 책의 원고를 거의 완성한 후, 사고로 세상을 떠났다. 이 후기는 아들 가토 도라히코가 어머니가 남긴 원고를 읽고 쓴 글이다. 저자 다쓰미 나기사는 고등학생이던 아들이 대학에 들어가며 자립을 시작한 지 3개월 되던 때부터 원고를 쓰기 시작했다. 혼자서 살아가기 시작할 아들을 위해 한 글자 한 글자 소중히 쓴 글로, 아들 가토 도라히코는 이 원고를 읽고 '어머니가 세상에 남겨진 나를 위해 쓴 글이구나' 깨달았다고 한다.

어머니가 돌아가신 6월 26일은 제가 스무 살이 되는 생일을 겨우 11일 남겨둔 날이었습니다. 대학에 입학하면서 지방에서 혼자 살기 시작한 지 1년 남짓 지난 평소와 다름없는 어느 날이었어요.

오전에 아버지한테서 부재중 전화와 문자메시지가 하나 와 있더군요. 어머니가 오토바이 사고를 냈다는 소식이었어요. 점심이 좀 지나서 그 문자메시지를 보고는 반쯤 정신이 나간 상태로 병원으로 달려갔지만 이미 어머니는 눈을 감으신 뒤였습니다.

어머니의 임종 소식을 병실 앞에서 아버지한테 전해 들었어요. 마치 그 상황이 현실이 아닌 것만 같았던 그 느낌은 지금도 너무나 생생하게 기억이 납니다. 가족장으로 어머니를 화장해 모시기까지 3일 동안 더 이상 어머니를 만날 수도, 이야기할 수도 없다는 사실이 뼈저리게 와 닿았어요. 저는 아직 어머니에게 기대고도 싶고 배울 것도 많고 못해 드린 효도도 하고 싶다는 마음으로 가득했습니다.

어머니는 예전부터 줄곧 하시던 말이 있었어요. "같이 술 마시는 날이 빨리 왔으면 좋겠네" "어서 스무 살이 되렴" 같은 말이었지요. 어째서 조금만 더 기다려 주지 않으셨을까요.

저한테 오토바이는 위험하니까 절대로 타면 안 된다고 하셨지요. 그런데 당신은 괜찮은 건지……. 어머니에게 처음으로 화가 났습니다.

어머니가 이제 이 세상에 없다는 돌이킬 수 없는 사실을 받아들이려고 하니 별의별 생각이 들고 감정은 복잡하기만 합니다. 후회해도 소용없는데 말입니다.

인생에 무슨 일이 생길지는 일어나봐야 아는 것이지요. 너무나 당연한 사실을 저도 잘 알고 있지만 후회는 가시질 않습니다. 뭔가 좀 더 할 수 있지 않았을까 하는 생각이 머릿속을 떠나지를 않습니다.

생각해보면 저는 고등학교 때부터 집에 있는 시간이 별로 없었습니다. 보통 밤 9시 정도에 집에 와 가족이 함께 식탁에 앉을 기회는 적었지요. 게다가 대학에 입학한 후로 혼자 살기 시작하면서부터 가족과 함께하는 시간은 훨씬 더 줄어들었지요. 방학에 집에 갔을 때도 아르바이트나 다른 일에 열중하느라 집에서 제대로 밥을 먹는 건 일주일에 한 번 정도였으니까요. 가족과의 시간은 정말 조금밖에 내지 않았습니다.

가장 존경하는 사람이 누구냐는 질문에는 단연코 어머니라고 대답했고 모두들 인정하는 어머니의 요리 솜씨는 외식이 감히 따라올 수 없었지요. 그런데도 왜 가족에게 소홀했냐고 묻는다면 어느새 가족이 저의 우선순위에서 밀려났던 모양입니다.

가족은 대단히 소중한 존재이자 너무나 가까운 존재입니다. 그래서 당연히 곁에 있을 거라고 착각하곤 하지요. 혼자 살게 되면서부터 깨달은 줄 알았는데 아직 그 인식이 부족했던 것 같네요. 어머니가 세상을 떠나시고 나서야 사무치게 느꼈습니다.

어머니가 돌아가신 후, 어머니가 사고 직전까지 이 책을 집필하셨다는 사실을 알게 되었습니다. 아버지 편에 편집자 분이 후기를 써달라는 의뢰를 하셨고 저는 원고를 한 글자 한 글자 읽어내려가기 시작했습니다.

원고를 다 읽고 나니 저한테는 대단히 감사한 제의라 생각했습니다. 처음 이 원고를 읽었을 때 '어머니가 나를 위해 쓰신 책이구나!'라는 느낌이 강하게 들었거든요.

자립을 시작하는 사람을 위해 쓴 책이지만 지금까지 어머니가 우리 남매에게 일러준 삶의 지침들을 정리한 것처럼 느껴졌습니다. 이 책을 읽고 있자니 여태껏 받은 가르침을 어머니에게 자세하게 다시 배우는 것 같았습니다.

어머니는 제가 집을 나와 살기 시작하고 딱 3개월 되던 때부터 이 책을 쓰기 시작하셨습니다. 글을 쓰기 시작한 어머니의 마음이 궁금해집니다.

어머니는 『버리는 기술』이라는 책이 베스트셀러가 된 이후 실용서를 꾸준히 집필하셨습니다. 그 가운데 제가 읽은 책이라곤 정말 몇 권 되지 않습니다. 저는 다쓰미 나기사라는 사람에 대해 알려고 하지 않았던 것 같습니다.

아들인 제게 일하는 어머니는 가까우면서도 먼 존재였습니다. 이번 일을 계기로 어머니의 지인 분께 다쓰미 나기사라는 사람에 대해 많은 이야기를 들었고 읽지 못했던 어머니의 책을 읽으려고 합니다.

어머니가 세상을 떠나고야 비로소 다쓰미 나기사라는 사람에 대해 알려고 한다는 것이 아이러니합니다. 다쓰미 나기사의 저서에 제가 후기를 쓰게 될 줄은 꿈에도 생각하지 못했습니다.

이 책의 머리말에 어머니가 쓰셨듯 자립은 인생의 크나큰 한 걸음이자 대단히 소중한 경험이라고 생각합니다. 그렇게 내딛는 한 걸음은 나를 키워준 어머니의 소중한 시간과 바꾼 것이기도 해서 더욱 귀중한 경험이라 할 수 있지 않을까요? 한 살 한 살 나이를 먹어가며 관계성이 변화해 가는 가운데 그 시간을 누리는 것은 분명 멋진 일입니다.

가족은 너무 가까워서 늘 곁에 있는 게 당연하다고 생각하기 쉽습니다. 하지만 결코 당연하지 않습니다.

세상에 걸음을 내디딜수록 지금까지 의지해 온 부모님이나 가족에게 다시 한 번 의지하고 배우는 것이 중요합니다. 부디 그 관계를 소중히 여겨주세요.

어머니가 남긴 말이 이 책을 읽고 있는 여러분의 삶에 자그마한 도움이 되기를 바랍니다.

가토 도라히코

차례

1장 누구나 인생에 한 번은 혼자가 된다

4장 어른이 되는 데는 사계절이 필요하다
: 계절과 환경에 맞춰 사는 것

1장

누구나 인생에 한 번은
혼자가 된다

스스로의 힘으로
인생을 더 멋지게 살기 위해

의지할 수 있는 누군가와 함께 살아가는 것과 스스로의 삶을 책임지며 오로지 자기 힘만으로 살아가는 것 사이에는 결정적으로 다른 무언가가 있습니다. 그건 대체 뭘까요?

두 가지를 말하고 싶어요. 하나는 자립해서 살기 시작했다는 것이고 또 하나는 나의 공간을 돌보는 능력이 생기기 시작했다는 것이에요. 살아가는 데 대단히 중요한 요소 두 가지를 본격적으로 시작했다는 말은 어른으로 크나큰 한 걸음을 내디뎠다는 의미겠지요.

앞으로 언제까지 자기의 인생만 책임지면 되는 걸까요? 언젠가 결혼하거나 아이가 생겨서 누군가의 삶도 함께 고려하며 살아가야 할 수도 있겠지요. 큰 병에 걸리거나 크게 실패를 해서 누군가에게 도움을 받으며 살아갈 수도 있을 겁니다. 어쩌면 부모님이 돌아가신 후일 수도 있고요. 부모 마음이야 언제까지고 자식을 보살펴주고 싶지만 더 이상 못 하는 날이 언젠가는 오겠지요.

인생을 살다 보면 예기치 않은 상황은 언제든 들이닥치기 마련입니다. 어떤 어려움을 마주한다 해도 자립해서 사는 능력과 내가 살아가는 공간을 돌보는 능력이 있다면 인생을 살아갈 힘을 얻을 거라고 믿어요. 이러한 능력은 주변에 함께 살아가는 소중한 사람들과의 관계도 보다 풍요롭고 깊게 해 줄 겁니다.

'독립한다'고도 표현을 하고 '자립한다'고도 표현을 하곤 하지요. 이 둘은 어떻게 다를까요? 제가 어렸을 때만 해도 자립이란 말은 결혼이나 취직을 의미했어요. 지금은 의미가 많이 달라졌는데요. 세상이 커다란 변화 속에 있고 앞일은 아무도 알 수가 없어요. 그러다 보니 더욱 자립해서 사는 능력이 한 사람 한 사람에게 요구되지요. 자립이란 간단히 말해서 '스스로의 힘으로 인생을 더 잘 살아가려고 하는 것'이 아닐까

해요. 그래서 자립은 평생 끊임없이 요구되는 것일 테지요.

만약 여러분이 '스스로의 힘으로 살아가겠다'는 선택을 했다면 여러분은 자립으로의 대단히 의미 있는 한 걸음을 내디딘 것입니다.

자유 대신 고독을 짊어지다

잠깐 제 이야기를 해볼게요.

저와 사이가 좋지 않았던 어머니는 제가 집을 떠나 사는 것을 좀처럼 허락해주지 않았어요. 도쿄 도내에 있는 대학에 다닐 때는 아주 단호했고 스물여섯 살이 되어서야 겨우 어머니를 설득해 집을 나와 살기 시작했는데요. 당시 제 밥벌이는 했던지라 어머니도 더 이상 아무 말도 못하고 마지못해 승낙해주었지요. 우여곡절에도 어머니는 이사를 도와주셨어요. 내심 '안 와도 되는데, 귀찮기만 해'라는 생각이 들었지만 막상 그날 밤 텅 빈 방에 혼자 남게 되니 주체할 수 없는 외로움이 밀려오더라고요.

몇 년이나 간절히 바라던 홀로서기가 드디어 이루어진 그날 밤 혼자라는 쓸쓸함을 뼈저리게 느꼈답니다. 사람은 자유를 얻으면 고독도 짊어지게 되나 봐요.

대학생이 된 아들이 집을 떠나 혼자 살기 시작하면서는 이런 일이 있었어요. 아들은 고등학교 때부터 대학생이 되면 꼭 독립하겠다고 입버릇처럼 말해왔지요. 지방의 대학에 정식으로 입학이 결정되어 자동차로 짐을 실어주고 왔더니 밤에 아들에게서 메시지가 왔어요.

'엄마, 잘 도착했어요? 오늘 고마워요. 생각보다 좀 쓸쓸하긴 하네'라는 내용에 그만 눈물을 흘리고 말았답니다.

그때 아들은 집을 나가 사는 게 자유롭기는 하지만 외롭다는 사실을 알았겠지요. 아무래도 아들은 언젠가는 누군가와 함께 살아가는 길을 선택할 거라는 생각이 문득 들더군요.

젊을 때 홀로 외로움을 곱씹어본 경험이 있는 사람은 나이 들어서 비로소 고독을 맛보는 사람보다 더 강인하고 마음의 여유가 생기지요.

스스로의 힘으로 인생을 더 멋지게 살아가려고 할 때, 비로소 다른 사람에게 기꺼이 도움을 청하고 기대며 함께 살아가는 방법을 깨우치지요. 자신의 인생을 책임지는 경험을 통해 앞으로의 인생을 유연하고 현명하게 살아나가는 방법과 지혜를 깨닫게 되는 것입니다.

스스로를 챙길 수 있다는 당찬 기쁨

아들이 아기였을 때 이유식 숟가락을 제 손에서 빼앗아 자기가 죽을 뜨겠다고 온갖 떼를 쓰곤 했지요. 손놀림이 익숙하지 않아 입에 넣길 실패하고 실패해도 고사리 같은 그 작은 손에서 숟가락을 놓지 않았습니다. 온 바닥에 죽을 흘리면서 얼마 남지 않은 죽을 비로소 제 손으로 입에 넣고서 짓는 만족스런 표정을 떠올리면 지금도 눈에 선해 절로 미소 짓게 된답니다.

'스스로 챙길 수 있다'는 건 얼마나 당찬 기쁨일까요. 아이는 화장실에 혼자 가게 되었을 때도 뿌듯해하며 자랑했답니다. 고작 화장실이지만 거의 누워 있다시피 하는 노인도 어떻게든 혼자 화장실에 가려는 노력을 하지요. 너무나 당연한 일상 동작을 할 수 있다는 것은 '아무런 문제없어'라는 자신감을 스스로에게 불어넣는 가장 근본적인 행위인 것 같아요.

식사부터 잠자리까지 나를 둘러싼 모든 것들을 스스로 챙기며 얻은 것도 '문제없다'는 자신감이 아닐까요? 무슨 일이 되었건 처음부터 척척해낼 순 없답니다. 나를 돌보고 내가 살아갈 공간을 돌보는 일도 마찬가지예요. 여러분 안에 단단하게 다져진 '스스로 생활할 수 있는 능력'을 소중히 여기길 바라요.

육아 때문에 경제적으로 배우자에게 의지를 하더라도, 병으로 누워 있더라도, 나이가 들어 요양원에 들어가더라도 사람은 자립해서 살 수 있기 때문이지요. 학비나 생활비를 대는 자식이든, 병이 들어 자유롭게 움직일 수 없게 된 배우자든, 엉뚱한 이야기만 늘어놓는 노인이든 어떻게든 스스로를 책임지려는 사람에게 경의를 표하고 도움의 손을 겸허하게 내미는 사람이길 바라요.

인생을 살아가며 '나는 자립해서 살고 있는 걸까', '누군가의 자립을 방해하고 있는 건 아닐까'라는 질문을 계속해서 했으면 해요. 이 두 가지 질문을 가슴에 품고 살아간다면 언제 어디서 무얼 하든 자신감을 잃지 않을 수 있을 테니까요.

내가 살아갈 공간을
돌보는 능력

내가 살아갈 공간을 돌보는 능력이란 무엇일까요? 단순히 주변을 정리 정돈하는 것을 의미하지 않습니다. 내가 먹고 씻고 자고 생활하며 안식처가 되어주는 곳을 제대로 꾸려나간다는 의미이지요.

내가 먹을 식사를 내 손으로 계획하여 챙기고 물 때 낀 욕실을 스스로 알아차리고 청소하고 내가 쓴 물품으로 어질러진 방을 정리하는 일은 확실히 '생활을 하며 살아간다'는 실감을 주지요.

배가 고플 때 밥을 해서 차려 먹고는 매우 만족한 적이 있을 겁니다. 책상 위를 청소하고는 속이 후련해져 긍정적인 기분이 된 적도 있을 거고요. 중요한 일이 있을 때 입고 갈 옷을 다림질해서 특별히 신경 쓴 적도, 지저분하던 집을 말끔히 치우고는 누군가를 초대했을 때 흐뭇한 경험도 있을 겁니다.

우리는 이런 일들을 집안일이라 부르지요. 자신을 위해 하는 이런 일들은 인생을 굳세게 살아갈 힘을 줍니다. 매일 어떻게든 해나가려고 밥을 먹고 청소를 하고 옷을 다리며 지내온 날들은 인생에 중요한 나날이 되어줍니다.

젊은 시절 몸에 밴 나의 삶의 공간을 꾸려가는 능력은 죽을 때까지 잊히지 않을 테니까요. 집안일을 소홀히 여기거나 귀찮은 일로 치부하지 말고 인생을 살아가는 힘을 주는 소중한 작업으로 삼아 일상 속에서 계속 활용해야 하는 이유이기도 합니다.

다른 사람과 함께 살아가는 용기

배가 고프면 요리를 해서 밥을 먹습니다. 이불이 더러워지면 커버를 갈고 빨래를 하고 햇볕에 말려 청결하게 잘 수 있지요.

이렇게 써보니 소박하기 그지없는 일을 매일 꼬박꼬박 혹은 필요에 따라 자유자재로 할 수 있다니 놀랄 만한 삶의 능력이라는 생각이 들지 않나요?

생활의 토대가 되는 일을 예사로 할 수 있어야 일이나 공부에도 몰두할 수 있답니다. 스스로 살아갈 수 있는 능력의 가장 기본에 집안일이 있어요. 물론 실제 일상생활에서는 집안일을 하지 않는 날도 있지만, 만일의 경우가 생겼다고 하더라도 집안일을 스스로 할 수 있다는 자신감과 능력은 죽을 때까지 자신답게 살아가는 저력이 되지요. 실제로 해보면 조리, 청소, 빨래, 가계관리 같은 알기 쉬운 이름표를 단 거창한 일은 아니라는 사실도 알게 됩니다.

조리란 실제로는 메뉴를 고민하고, 몸 상태를 고려하고, 저렴한 제철 식재료를 찾아보고, 시간이 날 때 장을 보고, 집에 돌아와 장바구니에서 채소를 꺼내 냉장고에 넣고, '그냥 외식할까, 만들까' 망설이고, 만들기로 결정하면 쌀을 씻고, 냄비를 불에 올리는 일이지요. 저녁밥을 먹기 위해 하는 이름도 없는 작은 작업의 연속을 조리라 칭하고 있는 겁니다.

산다는 건 그렇게 자잘한, 얼핏 보면 아무런 가치도 없는 작업의 축적이지요. 비록 작은 부품일지라도 하나만 잃어버려도 전체가 잘 돌아가지 않게 됩니다.

그 작은 부품의 가치를 알고 있다는 건, 어떤 변수에도 변함없는 일상을 유지할 수 있다는 용기로 이어진답니다. 그리고 언젠가 누군가 소중한 사람과 함께 살더라도 이 사소하고 방대한 작업을 서로 떠밀지 않고 함께 나누어 할 수 있을 겁니다. 그 가정은 언제나 따뜻하고 평온한 보금자리가 되겠지요.

생활은 변하지 않는 것에 가치가 있다

생활이란 늘 똑같은, 반복의 대명사 같은 것입니다. 매일 아침이 되면 일어나서 아침밥을 먹고 화장실에 갔다가 집에 오면 저녁밥을 먹고 목욕을 하고 같은 이불에서 잠을 잡니다. 하지만 만약 마음에 큰 짐이 있거나 걱정거리가 있다면 심신에 여유가 없어 평범한 반복조차 하기 어렵게 되겠지요.

생활은 변하지 않는 것에 가치가 있어요. 내가 살아갈 공간을 돌보는 것 역시 변함없이 반복해가는 것, 반복해갈 수 있는 것에 가치가 있답니다.

얼핏 변함없는 반복이라고 해서 완전히 똑같은가 하면 그렇지는 않아요. 어제 과음을 해서 아침에 식욕이 없는 날도 있고 봄인데도 겨울 같이 추운 날도 있지요. 자신도 환경도 완전히 같은 날은 없어요.

그 작은 변화를 받아들여 조금씩 수정을 하면서 어제와 마찬가지로 살 수 있도록 조정하는 것이 집안일이라고 생각하면 어떨까요? 어제 아침에 빵과 커피를 먹었는데 오늘 아침에 식욕이 없다면, 변화를 줘서 밥과 장아찌를 준비해 변함없이 아침밥을 먹는 거지요. 추운 날이면 넣어둔 겨울 코트를 꺼내 입고 어제처럼 출근할 수 있도록 하고요.

집안일에 유연하게 대처할 수 있는 지혜를 터득해 익숙해지면 어떤 변수에도 변함없는 일상을 이어갈 수 있답니다. 이렇게 생각하니 집안일이 굉장히 창조적인 작업이라는 생각이 들지 않나요?

나를 확실하게 인식하는 힘

매일 좋은 일만 있는 건 아니지요. 굳이 말하자면 괴로운 일이나 슬픈 일이 더 많지 않을까 싶어요. 부모 입장에서는 자식이 혼자서 눈물 흘릴 일은 생기지 않았으면 하지만 그마저도 인생을 자신의 두 발로 걷고 있기 때문에 가능한 경험이겠지요. 당장 달려가 눈물을 닦고 꼭 안아줄 수 없다 보니 꼭 기억해 줬으면 하는 게 있어요.

힘들거나 슬플수록 집안일을 적극적으로 해 보는 겁니다.

먹을 힘조차 없을 때 허기진 배를 안고 그대로 잠들지 말고 쌀을 씻어서 따끈따끈한 밥을 먹으려고 해보세요. 틀림없이 그 밥의 온기가 지친 마음을 따뜻하게 해줄 거예요. 자신을 위해 쌀을 씻는 작업을 하는 힘이 내일 다시 일어설 수 있는 힘이 되어줄 테니까요.

일을 하다 좌절했을 때도 자포자기의 심정으로 집에 틀어박혀 쓰레기가 뒹굴고 먼지투성이인 채로 있지 않았으면 해요. 일단 일은 잠시 잊고 책상 위에 어질러져 있던 페트병이나 과자 봉지를 치운 후 책상을 깨끗하게 닦고 집안을 청소기로 돌려보세요. 주변을 정리하는 작업이 마음을 정리하는 데 도움이 될 거예요.

꼼짝할 힘도 없는데 귀찮은 일을 왜 해야 하는지 의아하기도 할 겁니다. 막상 해보면 알게 된답니다. 집안일은 '지금 여기에서 살고 있는 자신'을 확실히 인식하는 작업이지요. 덕분

에 다시 일어설 수 있는 힘을 조금씩 쌓을 수 있게 되는 것이
고요.

매일을 요령 있게 살아간다

일반적으로 생활이란 일상의 변함없는 반복이자, 생활에서 집
안일은 변화가 없는 단순 작업이라고 여기는 모양입니다.

생활은 자신의 외면뿐 아니라 내면까지 포함한 환경의 변
화에 맞춰 조금씩 바뀌어가는 것이지요. 그런 의미에서 생활
이란 '환경의 변화를 이해하는 것, 변화를 누그러뜨려 매일을
요령 있게 살아가는 것'이 아닐까요?

여름이 되면 여름옷을 꺼내고 바람이 잘 통하게 해서 더위
를 식히고요. 겨울이 되면 따뜻한 이불을 준비하고 난방기구
를 꺼내 그때의 변화에 대응해서 생활을 합니다. 일상생활 속
에서 자기 나름대로의 요령을 터득해가는 게 얼마나 중요한
지 많이 느꼈을 겁니다.

하나 기억해야 할 것은 누구나 작년과 올해는 같지 않다는
사실이에요.

지금까지 잘 해왔던 생활이 지금까지처럼 되지 않는 시기가 반드시 올 텐데요. 그때가 인생의 전환기라는 것을 기억해 주세요.

학생이라면 취직해서 사회인이 되는 때가 오고요. 사회인이라면 인사이동이나 전직, 결혼 등 지금까지의 생활을 크게 바꾸는 전환기가 올 거예요. 어떤 경우라도 지금까지의 생활이 바뀐다고 당황하지 말고 새로운 변화에 새로운 생활을 맞출 때가 왔다고 긍정적으로 받아들이길 바라요.

모든 인생에는
단계가 있다

한 살이라도 젊을 때 자신의 생활을 온전히 책임지는 경험은 앞으로 인생의 양식이 됩니다. 이제부터의 기나긴 인생에 대해 생각해보기를 바라면서 '인생의 단계'에 대해 이야기해볼까 합니다.

인생에는 많은 전환점이 있다고 생각합니다. 사람의 일생에는 나이나 처지에 따라 세 가지의 커다란 무대(플랫폼)가 있고 그 무대 안에 12단계가 있다고 보는 관점이지요.

'인생 12단계'는 '일반적으로 사람의 인생에는 이런 단계가 있다'는 관점일 뿐, '이렇게 살아보라'는 의미는 당연히 아니랍니다. '인생에는 이런 일도 생기니까 막상 닥치면 어떻게 할지 미리 생각해보라'는 가늠이므로 가벼운 마음으로 봐줬으면 해요.

그럼 '인생 12단계'에 대해 간단히 설명해볼까요.

인생의 세 가지 플랫폼과 12단계

① 홀로서기 플랫폼

태어나서 집을 떠나 자립하기까지 부모의 그늘 아래 있는 시기를 말합니다.

단계	시기	설명
제1단계	여명기 (출생~3세 무렵)	이른바 유아기
제2단계	모방기 (3~6세 무렵)	다른 사람의 흉내를 내면서 다양한 학습을 하는 시기
제3단계	조력기 (6~12세 무렵)	부모나 어른을 거들면서 살아가는 방법을 배우는 시기
제4단계	제1자주기 (12~22세 무렵)	사춘기를 거쳐 가족으로부터 독립하는 시기

② 관계 플랫폼

집이나 가족과의 관계, 나아가 업무 등으로 많은 사람 및 대상과 관계를 맺는 시기입니다.

단계	시기	설명
제5단계	자립기 (22~27세 무렵)	부모로부터 자립을 시작하는 시기
제6단계	제1모색기 (27~35세 무렵)	자신의 가족을 만들거나 사회적 관계가 확대되는 시기
제7단계	제1성수기 (35~50세 무렵)	자신의 생활 형태가 만들어지고 하루하루 바쁘게 사는 시기

③ 정리 플랫폼

지금까지 맺어온 사람이나 대상과의 관계성을 재편집·재구축하게 되는 시기입니다. '엔딩기'라고도 하지요.

단계	시기	설명
제8단계	제2모색기 (50~55세 무렵)	자식의 독립이나 부모 부양, 직업의 변화 등으로 가족이나 사람과의 관계성이 변화하는 시기
제9단계	제2성수기 (55~75세 무렵)	손자를 돌보거나 부모님을 보살피며 다시 바빠지는 시기

제10단계	제2자주기 (75~85세 무렵)	인생의 반려자나 가까운 사람을 먼저 보내고 스스로 자신을 돌보는 시기
제11단계	황혼기 (85세 이후)	죽음을 맞이할 준비를 하는 시기
제12단계	기억기	몸이 죽은 뒤, 사람들의 기억 속에 살아 있는 시기

어떤가요? 40세를 넘으면 결혼해서 아이가 있는 사람도 있는가 하면 평생 결혼하지 않고 일에 매진하는 사람도 있지요. 그렇지만 이 세 가지 플랫폼은 누구에게나 공통으로 적용된다고 할 수 있어요.

첫 번째 플랫폼에서는 부모님이나 보호자의 보호를 받으며 자랐을 테고 두 번째 플랫폼에서는 앞으로 어떤 형태로든 사회와 연결되어 사람과 대상과의 관계성을 넓히고 심화해가겠지요. 누구에게나 찾아오는 세 번째 플랫폼에서는 인생의 마지막을 맞이할 준비를 해야 하고요.

어느 플랫폼에서도 사람과 대상과의 관계는 끊을 수 없답니다.

이런 인생의 흐름을 참고해서 앞으로 자기 나름대로 인생의 설계를 해보라는 당부를 하고 싶어요.

산다는 건 그렇게 자잘한,
얼핏 보면 아무런 가치도 없는 작업의 축적이지요.
비록 작은 부품일지라도
하나만 잃어버려도
전체가 잘 돌아가지 않게 되고요.
그 작은 부품의 가치를 알고 있다는 건,
어떤 변수에도 변함없는 일상을 유지할 수 있다는
용기로 이어진답니다.

2장

살아가는 데는
반드시 필요한 것들이 있다

: 인생의 기본에 관하여

슬프고 괴로운 날엔
따끈한 밥 한 끼를 스스로 차려보자

생활의 기본이 되는 '의·식·주' 가운데 가장 중요한 요소가 '식'이지요. 음식은 생명을 지키고 몸과 마음의 건강도 유지해 줍니다. 지금까지는 딱히 고민하지 않아도 가족이 차려준 식사 덕분에 대부분 별 탈 없이 잘 살아왔을 거예요.

이제부터는 스스로 챙겨야 한답니다. 이제 곁에서 보살펴줄 사람은 아무도 없지요. '일단 먹고 자는 것만 해결되면 어떻게든 되겠지'라고 안일하게 생각하면 안 된답니다. 자신이 하고 싶은 일이나 주변에서 기대하는 바를 충족시키기 위해서, 무엇보다 하루하루를 충실하게 보내기 위해서라도 생활 속에서 기본적으로 해야 할 일들이 있어요.

　잠깐 기억을 더듬어 볼까요? 아침에 일어나면 세탁기가 돌고 있고 집을 나설 즈음에는 어머니가 빨래를 널어요. 아침밥은 이미 차려져 있는데다 냉장고를 열면 우유나 채소 주스, 과일이 항상 들어 있지요.

　내가 직접 움직이지 않아도 누군가가 마련해둔 일상생활 속에서 요리나 장보기를 조금씩 거들어왔을 거예요. 하지만 앞으로는 모든 일을 스스로 해나가야 합니다.

　'진작 이것저것 배워둘 걸…….' 후회하며 불안해 할 필요는 없답니다. 함께 살아온 생활이 이미 몸에 배어 있을 테니까요. 그 경험을 하나하나 떠올리며 자기 나름대로의 방식으로 생활해가면 문제없어요.

　물론 편의점 도시락이나 컵라면같이 간단하게 때울 수 있는 음식도 많이 있어요. 하지만 손쉽게 먹을 수 있는 음식에 길들여져 있다가 영양 밸런스가 무너지는 바람에 금방 피곤해지고 감기도 잘 걸리고 아침에 일어나기 힘들어지게 되거나 돈이 떨어지게 되면 생활에 지장이 생기겠지요. 물론 혼자 먹으려고 어머니의 밥상처럼 차리기란 쉽지 않아요. 우선은 집에서 밥해 먹기부터 시작해보는 겁니다.

살다 보면 너무 바빠서 힘들거나 슬프다 못해 괴로운 일도 많겠지요. 아무리 힘들고 지치더라도 심신을 위로해 줄 한 끼를 스스로 챙길 수 있게 된다면 어떤 일이라도 헤쳐 나갈 수 있지 않을까요?

혼자라고 1인분만 짓지 않았으면…

집밥의 기본은 밥입니다. 밥은 속도 든든하고 어떤 음식과도 잘 어울려서 반찬으로 할 수 있는 이른바 밥친구가 무궁무진하지요. 뭐니 뭐니 해도 빵보다 저렴하고요.

혼자 먹는다고 하더라도 저녁에 밥을 2인분씩 짓는 게 좋습니다. 저녁밥을 먹고 나서 보온해 두면 아침에도 먹을 수 있고요. 1인분씩 짓는 것보다 훨씬 맛있는 데다 남으면 냉동 보관해 두면 됩니다. 냉동해도 맛의 변화가 적고 전자레인지로 해동하기만 하면 따끈따끈한 밥을 바로 먹을 수 있다는 장점도 있어요. 냉동할 때는 1인분씩 소분해서 랩으로 싸 둡니다. 전기밥솥이든 냉동실이든 한 끼 분량의 밥이 있는 것만으로 든든해지지요.

조금 더 건강해지고 싶다면 현미밥이나 잡곡밥을 해먹으면 좋지요. 일반 전기밥솥으로도 백미에 잡곡을 적당량 섞어 간단히 지을 수 있어요. 백미보다 비타민과 미네랄이 풍부하고 적은 반찬으로도 포만감을 얻을 수 있어 일거양득이랍니다.

누구도 처음부터 제대로 할 수는 없다

지금까지는 피곤한 몸을 이끌고 집으로 돌아오면 단정하고 깨끗한 집이 맞아주었을 겁니다. '오늘 하루 힘들었지'라는 다정한 말과 함께 따끈한 밥과 국이 차려져 있었겠지요.

집에 돌아와 피곤하고 배가 고픈데 요란하게 여러 가지 차려 먹어야 한다는 부담을 가지면 계속해서 자극적이고 손쉬운 음식에만 기대게 된답니다.

처음에는 조금 귀찮고 피곤하더라도 스스로 차려 먹어보는 연습을 해보는 겁니다. 피곤하고 배가 고플 때 김치나 장아찌 같이 보존기간이 긴 밑반찬을 보관해두면 급할 때 손쉽게 꺼내먹을 수 있어 좋지요. 거기에 김이나 달걀이 있다면 한 끼 식사는 뚝딱 만들 수 있답니다. 말하자면 '1식 1찬'이지요. 요란하게 여러 가지 차려 먹어야 한다는 부담을 버리면 좋아요. 요즘은 통조림 종류도 많고 인스턴트라도 국까지 있으면 밥과 국, 반찬으로 구성된 그럴싸한 밥상이 됩니다.

좀 익숙해지면 조리에도 도전해보는 겁니다. 달걀이 있으면 달걀프라이를 해먹거나 달걀과 간장으로 조리하는 달걀간장밥부터 시작해 점차 스크램블 에그, 햄에그로 발전시켜나갑니다. 거기에 영양까지 고려해 당근이나 양파같은 채소도 송송 썰어 넣어보세요. 오이와 토마토를 썰어서 샐러드를 만들거나 버섯과 양배추로 채소볶음까지 만들 수 있게 되는 날이 멀지 않았어요.

매일 아침 세탁한 빨래가 가지런히 개져 있고 샴푸나 비누가 떨어져도 욕실장에는 언제나 여분이 있는 삶을 지내왔을 겁니다.

하지만 이젠 스스로 챙기지 않으면 어떤 것도 저절로 되어 있는 것은 없답니다. 하나부터 열까지 스스로 모든 것을 챙기다 보면 당연히 삐걱거릴 겁니다. 당장 쾌적한 환경이 되지는 않겠지요.

삐걱거림을 부족함으로 여기지 말았으면 해요. 당연한 과정으로 여기고 스스로 해나가는 자신을 대견하게 여기길 바라요.

하루 끝에 나를 맞아주던 포근한 집에서의 경험을 하나하
나 떠올리며 해나가다 보면 어느새 무사히 오늘을 마무리하
고 건강하게 내일을 맞이하게 될 거예요.

편하다고 대충대충 생활하면
인생도 대충대충 살게 됩니다

식(食)은 배를 채우는 게 전부가 아니랍니다. 혼자 살아도 식기를 잘 갖추고 식사를 하면 마음도 넉넉해져 잘 살고 있는 것처럼 느껴질 거예요.

귀찮고 하기 싫더라도 '손쉬운 방법을 택하지 않는 마음가짐'이 '사람들의 신뢰를 받는 믿음직한 어른'으로 키워줄 겁니다. 편하다고 생활을 대충대충 하면 인생도 대충대충 살게 된다는 점을 명심하세요.

식사나 조리에 필요한 최소한의 도구는 가지고 있을 거예요. 밥그릇, 국그릇, 수저, 머그컵을 비롯해 앞접시, 카레나 파스타용 오목한 접시, 스푼이나 포크 같은 도구들을 갖추고 있다면 당분간은 식사하는 데 별 어려움이 없을 거예요. 부엌칼, 도마, 프라이팬, 편수 냄비 정도만 조리도구를 갖추고 있으면 어느 정도 요리도 가능하지요.

혼자 살면 아무래도 간편한 반찬을 사서 먹는 경우가 많을 텐데요. 반찬을 자주 사먹는 게 잘못은 아닙니다. 그렇지만 포장된 상태 그대로 식탁에 올려서 먹는 습관을 들이면 안 되겠지요. 밥그릇이나 국그릇을 꺼내는 김에 반찬을 담을 접시도 준비해서 그릇에 제대로 옮겨 먹는 습관을 들이세요.

일용품 하나라도 마음에 드는 걸로

요리에 꼭 필요한 양념은 소금, 설탕, 간장입니다. 나머지는 만드는 요리에 맞춰 기름이나 된장, 식초, 육수 등을 추가하면 되고요.

양념을 넣는 순서로 잘 알려진 '설·소·식·간·된(설탕, 소금, 식초, 간장, 된장)'은 실제로 갖춰야 할 양념의 기본이기도 하지요. 취향에 따라 마요네즈나 케첩, 소스 같은 것이 필요하고요.

양념의 브랜드는 어머니가 쓰던 제품이 익숙해진 입맛에도 맞고 친숙해서 좋을 거예요. 같은 소금이나 설탕이라도 브랜드에 따라 의외로 맛이 천차만별이랍니다. 우선은 익숙한 제품부터 사용하는 게 안전하겠지요. 그러다 조금씩 자신이 좋아하는 제품으로 바꿔가면 되고요.

처음에는 용량이 작은 제품을 구매합니다. 자신이 사용하는 빈도와 양을 모르는 채 대용량을 사면 유통기한 내에 다 쓰지도 못하고 버리게 돼서 낭비하게 돼요. 자신이 무얼 손쉽게 자주 해먹고 입맛에도 맞는지 충분히 파악하는 시간을 가지도록 해요. 요즘은 작은 사이즈의 양념도 쉽게 구입할 수 있으니까 자신에게 맞는 양념을 조금씩 골라보세요.

설탕이나 소금 같이 가루로 봉지에 들어 있는 양념은 좀 귀찮더라도 전용용기로 옮겨야 한답니다. 비닐봉지째로 보관하면 쓰기 불편할 뿐 아니라 눅눅해져서 굳을 수 있거든요. 전용용기는 균일가점이나 마트의 주방용품 코너에서 쉽게 구입할 수 있어요.

용기 하나를 사더라도 마음에 드는 디자인을 사면 좋아요. 용기의 디자인과 색깔을 주방의 색과 맞춘다거나 사용이 편리한 아이디어 상품을 찾는 노력을 하는 것도 방법이랍니다.

양념류를 두는 위치는 정해두는 게 좋지요. 설탕이나 소금, 기름 등은 상온에 둬도 괜찮으니까 조리할 때 쓰기 편한 위치에 두면 되고요. 된장이나 마요네즈처럼 상하기 쉬운 양념은 반드시 냉장고에 보관하세요. 제품에 표기된 보관 방법을 먼저 읽어두면 좋겠지요.

쓸 만큼만 산다

요즘은 스마트폰으로 간단하게 조리할 수 있는 레시피를 검색할 수 있으니까 이것저것 찾아보고 시도해보면 재미있답니다. 밥과 국뿐 아니라 약간 손이 가는 요리도 시작해보는 겁니다.

그때 신경 써야 할 것이 요리를 위한 식재료인데요. 식재료는 되도록 필요한 재료를 쓸 만큼만 사야 해요. 싸다고 양배추를 통째로 사서 냉장고 자리만 차지하는 일은 피해야겠지요.

요리 솜씨가 좋아서 일주일 만에 양배추 한 통을 다 쓴다면 모르겠지만, 냉장고에 넣어두기만 해도 채소는 시들고 맛과 영양소도 손실된답니다. 양배추는 반통이나 1/4통짜리로, 감자나 양파도 큰 망으로 사지 말고 2~3개 들이로 고르는 등 일주일 동안 쓸 수 있는 양만큼만 구매하고요.

집에 오면 임시로라도 마트 비닐봉투에 식재료를 넣은 채 그냥 두지 마세요. 잠깐 둘 생각이겠지만 결국 치우기 귀찮아져서 방치하게 되거든요. 쓰기 불편할 뿐 아니라 식재료도 빨리 상하게 된답니다.

냉장고에 넣어야 하는 것, 서늘하고 햇빛이 들지 않는 곳에 두어야 하는 것, 보관 장소에 구애받지 않는 것 등 보관 방법이 다르니까 집에 오면 바로 적합한 보관 장소로 옮기도록 합니다. 잎채소나 햄, 달걀은 냉장고에, 감자, 양파는 어둡고 서늘한 곳에 보관하세요. 잼이나 장아찌 같이 주방 선반에 두어도 괜찮은 것도 있어요.

쌀을 살 때도 처음부터 대용량으로 사지 말고 작은 용량으로 구매하면 좋아요. 10킬로그램, 5킬로그램짜리가 아니라 2킬로그램 소포장 정도부터 시작해보세요. 물론 집에서 밥 해 먹기를 좋아해서 한 달 동안 5킬로그램을 먹는다면 그만큼 구입해도 됩니다. 쌀은 고온다습한 곳에서는 푸석푸석해지거나 쌀벌레가 생길 수 있으니까 빛이 들지 않는 서늘한 곳에 보관하세요.

누가 밥 좀 해줬으면 하는
생각이 드는 날에는

내가 먹을 밥이라고 해도 매 끼니 해먹는다는 건 생각만큼 쉬운 일이 아닙니다. 식사에 어려움을 겪는 일이 당연히 생기곤 하는데요. 감기에 심하게 걸려서 장을 보러 갈 수도 없고, 외식을 할 수도 없을 때, 허기진 배를 안고 밤늦게 집에 왔는데 너무 피곤해서 밥 할 힘조차 없을 때 '누가 밥 좀 해줬으면 좋겠어!'라는 생각이 드는 날도 많을 거예요.

매 끼니를 건강하게, 제대로 차려서 먹어야겠다는 부담을 가질 필요는 없어요. 그런 부담이 오히려 밥을 해먹는 재미에서 멀어지게 할 수도 있으니까요. 간편하게 누릴 수 있는 것들은 무리하지 않는 선에서 즐기면 좋습니다.

그런 때에 바로 먹을 수 있는 식품이 집에 있으면 당장 급한 불은 끌 수 있어요. 요즘은 조금 비싸지만 맛있고 영양가 높은 냉동식품도 많이 있어서 비상식으로 몇 개 준비해 두면 좋아요. 레토르트 식품, 컵라면, 통조림, 동결건조 수프나 각종 국 등, 장기보관이 가능하고 조리하지 않아도 먹을 수 있는 식재료를 몇 개 갖춰 두는 겁니다.

배만 채우면 된다는 생각에 스낵과자나 디저트로 식사를 대신하는 일을 가장 유의해야 해요. 이것은 절대 금물이랍니다. 특히 혼자 사는 사람 중에 맥주와 안주 과자로 저녁 식사를 대신하는 사람도 많은데요. 영양 섭취를 골고루 하도록 신경 써 주세요.

당장 고픈 배를 채우고 귀찮음을 덜 수 있겠지만 그뿐이랍니다. 손쉬운 것만 선택하는 생활이 습관이 되면 삶의 리듬이 어긋나기 시작합니다.

먹는다는 건 자기관리의 가장 기본적인 시작이라고 할 수 있어요. 먹는 일을 통해 내 몸에 조금 더 관심을 가지기를 바라요.

조그만 요령으로 건강해지는 법

집에서 요리를 할 때 있으면 편리한 식재료가 있어요. 바로 양파와 감자, 당근 같은 채소인데요. 장기 보관이 가능해서 급히 먹어치우지 않아도 되고 카레나 찌개, 조림, 볶음 요리, 수프의 재료가 되기도 해서 여러 요리에 두루두루 사용할 수 있지요. 이 재료들만 있으면 뭐라도 한 가지 요리는 만들 수 있게된답니다.

장기 보관은 되지 않지만 양배추나 양상추, 오이, 토마토는 조리하지 않고 그냥 생으로 먹을 수 있어서 채소 부족을 해소하기 위해서라도 냉장고 안에 상비해두면 좋아요. 그 외에도 있으면 편리한 재료로 달걀, 버터, 햄, 소시지 등이 있어요.

어느 정도 길게 보관할 수 있고 편리하게 쓸 수 있는 재료는 근처 마트에서 타임세일 할 때 사 두는 것도 요령이랍니다. 집밥은 가장 효과적인 절약 방법인데 저렴한 식재료를 구해서 만든다면 더욱 경제적 효과를 얻을 수 있겠지요.

편의점 음식이라도 조금만 요령을 부려보면 간단하게 건강식으로 한 끼를 먹을 수도 있어요. 튀김류만 먹으면 영양 균형에 좋지 않기 때문에 샐러드와 함께 먹고, 전자레인지에 돌려 먹는 파스타만 먹기보다 과일과 함께 먹는 등 곁들여 먹을 수 있지요. 디저트를 먹을 때도 마찬가지입니다. 생크림 디저트만 먹기보다 요구르트를 먹고, 탄산음료를 먹기보다 채소주스를 선택해보는 겁니다.

사실 절약하는 데 빠져서는 안 될 식재료가 바로 건조식품이랍니다. 인스턴트라면도 건조식품이지만 그 외에 김, 건미역, 우동이나 소면·파스타 건면 등도 집에 있으면 좋은 식재료예요. 이 재료들은 고온다습한 장소만 피하면 2~3개월은 거뜬히 보관할 수 있어서 만일의 경우에 도움이 되지요.

몇 번 시행착오를 거치며 요리를 하다 보면 어느새 집에 있는 재료를 가지고 만들 수 있는 메뉴가 저절로 떠오르는 날도 올 거예요. 흔히들 말하는 '냉장고 파먹기'라는 생활의 지혜가 몸에 배게 될 테니까요. 그러면 식비 지출 내역도 크게 달라지겠지요.

살다 보면 힘들거나 슬프다 못해
괴로운 일도 많겠지요.
아무리 힘들고 지치더라도
심신을 위로해 줄 한 끼를
스스로 챙길 수 있게 된다면
어떤 일이라도 헤쳐 나갈 수 있지 않을까요?

몸과 마음이
편안해지는 공간을 만든다

지금 사는 집은 지내기 편한가요?

하루 종일 지친 몸과 마음을 달래고 내일도 다시 기운내서 열심히 움직일 수 있게 하는 힐링 공간이 바로 집이지요. 누군가와 함께 살 때는 현관문을 열고 들어오면 푸근하고 마음이 놓였을 거예요. 지금도 현관문을 열면 편안해지나요? 아니면 살고는 있지만 이상하게 안정이 되지는 않나요?

서두르지 않아도 괜찮아요. 차분하게 심신을 편안히 할 수 있는 공간을 만들기 위해서는 그 나름대로의 시간과 노력이 필요하답니다. 마음속에 그리는 안락한 집 만들기를 지금부터 시작해 볼까요?

중요한 것은 안심하고 집에 올 수 있어야 한다는 점입니다. 불쾌한 냄새나 소리가 난다면 쾌적하게 지내기는 힘들겠지요. 너무 덥거나 너무 춥거나 혹은 습기가 많기만 해도 집안에 오래 있으면 고통스러울 거예요. 청결한 집에 적당한 온도와 습도를 유지하면 좋겠지만, 사람마다 원하는 정도가 다르고요. 새로운 공간에서 편안함을 느끼지 못한다면 분명히 뭔가 원인이 있어요. 우선은 스스로 원인이 무엇인지 생각해서 대처해 나가야겠지요.

내가 가장 안락할 수 있는 자리

하루 중 가장 편안하고 안락할 수 있는 장소가 어디인가요? 아무래도 몸을 누일 잠자리가 아닐까 해요. 이불과 침대의 차이는 있지만 사람은 한 번 잠자리를 정하면 계속 같은 곳에서 자기 마련이지요. 깊은 잠에 들지 못하거나 잠버릇이 나쁘다면 잠자리가 맞지 않을 수도 있어요. 처음에 한동안은 '그 자리에서 푹 잤는지'를 염두에 두고 지내봅니다. 만약 뭔가 개운

치 않다면 집안을 다시 한 번 둘러보세요.

먼저 잠자리를 정할 때는 어느 위치에 어떤 방향으로 자면 안전할지를 생각합니다. 그다지 넓은 집이 아니라면 주변에 물건이 하나도 없는 상황은 만들 수 없겠지요. 지진 등이 발생했을 때, 물건이 떨어질 위험한 장소는 아닌지 살펴봐야 해요. 책장이나 옷장, 텔레비전이나 전자레인지가 근처에 있는 장소는 피하는 게 좋아요. 도저히 방법이 없으면 고정시키는 도구를 빨리 사서 낙하방지 대비를 해야 한답니다.

다음은 어디에서 편안하게 잠들 수 있는지를 생각합니다. 에어컨 바람이 직접 닿지는 않나요? 현관문 근처라면 옆집의 소리가 들려 시끄러울 수도 있고요. 냉장고 근처도 모터 소리가 신경 쓰일 수도 있어요. 창문 근처는 창문 틈새로 바람이 들어오거나 추운 계절에는 결로가 생기기도 해서 쾌적하지 않답니다.

벽장 앞에서 잔다면, 문 여닫기가 힘들어져서 자기도 모르게 물건을 넣지 않고 밖에 꺼내두게 되기도 하지요.

좋지 않은 이유만 꼽자면 끝도 없겠지만 '이 집에서는 여기가 최적'이라는 위치가 있을 거예요. 만족할 때까지 다양한 위치에서 검토해보세요.

나만의 향으로 공간을 채운다

각각의 장소마다 특유의 냄새가 있다는 사실을 알고 있나요? 할머니 집에는 어떤 냄새가 났지요? 세월을 간직한 집에는 먼지 냄새나 곰팡이 냄새 같은 게 날 수도 있고요. 매일 향을 피우는 집에는 향냄새가 배어 있을 거예요.

후각은 매우 원시적인 감각이라고 하지요. 자신의 기억과도 연관이 있어서 그리움의 감각을 일깨우기도 하고요. 익숙하지 않은 냄새는 불안을 가져온답니다.

지금 집안에 신경 쓰이는 냄새가 있어도 환기를 시키고 청소를 하면 시간이 갈수록 그 냄새는 점점 사라질 거예요.

심하게 거슬린다면 물걸레로 부지런히 청소해보세요. 귀찮다 싶어도 상당히 효과적인 방법이에요. 창문, 벽, 바닥, 문 등 우선 집안 전체에 꼼꼼하게 걸레질을 한 번 합니다. 그 다음은 주방이나 바닥 같이 기름때나 얼룩이 눈에 띄는 곳만 닦으면 된답니다. 물걸레로 닦고 환기만 시켜도 신경 쓰이던 냄새는 사라지거든요.

그러는 사이에 자신만의 생활 냄새로 집이 채워지지요. 비누 냄새, 섬유유연제 냄새, 화장품이나 핸드크림, 헤어 제품의 냄새 등 매일 사용하는 냄새로 가득 찰 거예요.

집에서 나는 냄새는 그 집에 사는 사람이 만들어내는 생활의 냄새랍니다. 좋은 향기가 되면 괜찮지만, 어느 새인가 다른 사람에게 불쾌감을 주는 나쁜 냄새가 되지 않도록 세심하게 살펴주세요.

다른 사람이 싫어하는 악취는 의외로 자신은 느끼지 못하거든요. 고약한 생활 냄새가 늘 배어 있는 사람으로 인식된다면 정말 난감하겠지요.

깔끔한 공간의 첫 걸음

살다 보면 쓰레기는 어쨌든 매일 쌓이게 됩니다. 살림은 쓰레기와의 전쟁이라고 해도 지나치지 않을 정도지요. 쾌적한 집으로 만들기 위해서는 쓰레기를 어떻게 처리하는지가 아주 시급하고 중요한 문제라고 할 수 있어요.

편의점이나 마트에서 비닐봉투에 내용물을 담아 사가지고 온 다음, 방에서 먹고서 곁에 있는 비닐봉투에 그대로 담아 방한쪽에 방치하기도 하는데요. 혹은 따로 쓰레기통을 마련하지 않고 마트에서 준 비닐봉투를 쓰레기통 대용으로 삼아 사용하는 사람들도 많은 것 같아요. 마트 비닐봉투를 쓰레기통으로 사용하면 그것이 쓰레기라는 인식이 없어지기 쉬워요. 깨달았을 때는 이미 집안 여기저기에 쓰레기가 든 비닐봉투가 어지럽게 널려 있게 되지요.

쓰레기를 편의점 비닐봉투에 임시로 담아두고서 '조금 있다 치워야지' 생각하지 말고 그때그때 버리면 좋습니다. 비닐봉투를 쓰레기통 대용으로 사용하지 말고 정해진 자리에 쓰레기통을 두세요. 쓰레기통을 쓰는 경우에는 가득 차면 쓰레기봉투에 넣어서 쓰레기 버리는 날에 내놓는다는 의식이 생겨난답니다. 청결하게 유지할 수 있어요.

'쓰레기는 쓰레기통에 버린다' 정말 간단하고 쉬운 일인데도 아무도 간섭하지 않는다는 생각이 드는 순간 지키기가 생각보다 쉽지 않습니다. 집에 오는 순간 귀찮고 힘들다는 이유로 손이 뻗는 반경 내에서 모든 걸 처리하려 하기도 하지요. 그러면 주위는 순식간에 여기저기 쓰레기가 굴러다니게 될 거예요.

방뿐만 아니라 주방에도 일반 쓰레기, 재활용 쓰레기로 구별해 버릴 수 있도록 쓰레기통을 놔두세요. 쓰레기통은 그렇게 좋은 것으로 할 필요는 없어요. 쓰레기통에 쌓인 쓰레기양이 적더라도 쓰레기 버리는 날에는 꼭 내놓고요. 모아서 버리기보다 적은 양을 자주 버리는 게 알고 보면 더 편하답니다.

생활에는 꼭 지켜야 할 규칙이 있습니다

'쓰레기는 쓰레기통에 버린다' 정말 간단하고 쉽지만 의외로 지키기가 쉽지가 않지요. 이렇듯 생활에는 반드시 지켜야 할 규칙이 있습니다. 이 규칙들만 지켜도 생활은 단순하고 간편해지지요.

생활 쓰레기라도 주방에서 나오는 쓰레기, 즉 음식물 쓰레기는 가장 신경을 많이 써야 하는 쓰레기예요. 채소나 잔반 찌꺼기를 싱크대 배수구에 방치하면 한여름에는 하룻밤만 지나도 악취가 나게 되지요. 어쩌면 한밤중에 바퀴벌레가 스멀스멀 기어 다닐지도 모르고요.

음식물 쓰레기는 귀찮더라도 싱크대에 남겨두지 않는 습관을 들이는 게 좋아요. 자기 전에는 물기를 잘 제거한 후 비닐봉지에 담아서 음식물 쓰레기용 쓰레기통에 넣어둡니다. 음식물쓰레기를 넣는 쓰레기통은 뚜껑이 있는 것이 위생 면에서 안심이 되지요.

음식물 쓰레기는 방에 있는 종이 쓰레기용 쓰레기통에 절대 넣으면 안 됩니다. 아이스크림이나 디저트 용기도 마찬가지예요. 먹고 나면 음식물 찌꺼기가 용기에 남았는지 확인한 후 깨끗이 씻어서 쓰레기통에 넣거나 분리수거를 해야 합니다. 그렇지 않으면 수분이 스며들어 얼룩이 지고 냄새를 제거할 수 없게 되는데다 벌레가 꼬이는 원인이 되기도 하거든요.

쓰레기 배출은 생활하는 가운데 가장 신경 써야 할 부분이지요. 규칙만 잘 파악하면 그렇게 어렵지는 않아요. 살고 있는 지자체의 쓰레기 분리 방법에 대해 꼼꼼하게 확인했나요? 지자체의 홈페이지를 검색하면 쓰레기 수거 방법에 대해 알 수 있어요. 스스로 잘 알아보고 내놓도록 해요.

쓰레기 배출 규칙은 살고 있는 지자체에 따라 다른데요. 쓰레기봉투를 구입해서 그 봉투에 넣은 쓰레기만 수거하는 지역도 있고요. 플라스틱 같은 재활용 쓰레기를 상세하게 분리하거나 캔이나 병은 깨끗이 헹궈 지자체가 지정한 망에 넣는 등 버리는 방법을 정해둔 지역도 있습니다. 물론 요일에 따라 수거하는 쓰레기의 종류가 다른 경우도 있지요.

쓰레기 배출은 이웃과 가장 접점이 많은 부분이지요. 쓰레기를 제대로 내놓기만 해도 이웃의 신뢰를 얻을 겁니다. '누가 지켜본다니 짜증나'라고 생각하지 말고 '나 한 사람 지키지 않는 순간 순식간에 엉망이 될 거야'라고 스스로를 다잡아 주세요.

쓰레기 배출 방법에도 약간의 주의가 필요합니다. 꼬치구이의 꼬치같이 뾰족한 것은 수거하는 환경미화원이 다치지 않도록 꺾거나 잘 싸서 쓰레기봉투에 넣고, 음식물 쓰레기에서 국물이 새어나와 악취가 나지 않도록 물기를 꼭 제거한 후 음식물쓰레기 봉투에 넣는 식으로 말이지요. 지나가면서 휙 던지듯 버리는 것도 금물이에요.

다른 사람뿐 아니라 자신의 안전을 위해서도 쓰레기를 버릴 때는 주의가 필요해요. 우편물은 주소와 이름이 보이지 않게 버린다든지 다니는 학교나 회사가 특정될 만한 물건은 알지 못하게 해서 버리는 등의 방법인데요. 특히 여성의 경우에는 속옷이나 보이고 싶지 않은 물건은 종이봉투 같은 것으로 한 번 싸서 겉으로 드러나지 않도록 버리는 게 좋겠지요.

쓰레기는 반드시 정해진 시간에 내놔야 합니다. 특히 야간에는 금지된 지역이 많기 때문에 정해진 시간이 없다면 아침

몇 시부터 쓰레기를 내놓는지, 우선은 이웃집이 쓰레기를 내놓는 방법을 봐두는 게 좋을 거예요. 특히 캔이나 병을 버릴 때 소리가 크게 나서 이웃에 민폐가 되지 않도록 주의하는 것도 잊지 마세요.

이사를 한다거나 가구를 교체하는 경우에는 큰 물건을 버려야 하지요. 빈 상자는 잘 접어서 끈으로 묶고, 라벨은 제거하고, 가구같이 큰 쓰레기인 경우에는 마트에서 수거스티커를 사서 붙여야 합니다. 쓰레기 크기에 따라 수거스티커 가격도 다르니 지자체의 규칙을 확인해봐야 하고요.

이사한 지 3주가 지났는데도 이삿짐상자가 남아 있다면 좀 오래간다고 할 수 있어요. 그리고 3주가 지났는데도 알아채지 못한 이삿짐은 사실 생활에 크게 필요한 물건이 아닐 확률도 높고요. 어디에 어떻게 둘지에 대한 고민보다 어떻게 잘 버리고 정리할지에 대해 고민하는 것도 필요하겠지요.

만나면 어쩐지
편안한 사람의 공통점

무엇을 하든, 몇 시까지 자지 않고 있든 아무도 잔소리도 하지 않는 생활이 처음 얼마간은 좋을 수 있어요. 어떤 옷을 입고 있어도 혼내는 사람이 없고 몇 시까지 술을 마셔도 간섭하는 사람도 없고요. 그래서 생활 리듬이 깨지는 경우가 많아요.

생활 리듬이 깨지면 몸도 마음도 찌뿌둥해질뿐더러 사회생활에 지장을 초래하게 되지요. 아침에는 늦어도 8시에는 일어나서 햇볕을 쬐고 밤에는 12시 전에 잠자리에 들어 숙면을 취하도록 합니다. 수면시간이 적어도 7시간 정도는 되도록 자기 관리를 해보세요. 물론 그럴 여유가 없는 날도 있겠지만 자기 나름의 기본 리듬을 지금 만든다는 생각으로 노력해보면 좋습니다.

피곤하다고 해서 외출복을 입은 채 그대로 잠들지 말도록 해요. 바깥 먼지와 오염물 때문에 침구가 더럽혀지는데다 심신을 편안하게 할 수 없어요. 잘 때는 몸을 깨끗하게 하고 여유 있는 잠옷이나 실내복으로 갈아입는 게 좋아요.

시간이 있으면 되도록 뜨거운 물에 몸을 푹 담가보세요. 몸을 따뜻하게 하면 피로도 풀리고 신경이 편안해져 깊은 잠을 잘 수 있답니다. 긴장하는 일이 연속된 나날이었다면 뜨거운 물로 온몸을 감싸 몸을 이완시켜주면 좋아요. 요즘은 욕조를 갖추고 있지 않은 집이 많은데 가벼운 산책 삼아 근처 대중목욕탕을 이용하는 것도 좋지요.

늘 긴장해 있는 사람은 가까이 다가가기가 어쩐지 어렵답니다. 만나면 편안한 사람은 몸이 부드럽게 이완되어 있지요.

모르는 건 질문하고 바로 해결한다

어려움을 바로 해결하지 않고 마음속에 계속 담아두면 고민

거리만 계속해서 쌓여갑니다.

잘 모르거나 어려움이 생기면 그 자리에서 바로 해결하도록 합니다. 모아서 나중에 찾아봐야지 싶다가도 금방 잊어버리고는 다시 같은 상황을 맞닥뜨리면 '이런, 그때 찾아봤어야했는데'라는 후회만 남게 되지요. 궁금할 때 그 자리에서 하나씩 해결해가다 보면 저절로 익숙해지거든요.

요즘은 인터넷 사이트에서 다양한 아이디어를 찾아볼 수 있는데요. 그 가운데 할 수 있는 일을 골라 실천해보는 것도 좋아요. 하지만 뭐니 뭐니 해도 살아있는 지혜는 인생의 선배들이 가지고 있지요.

귀찮다 생각 말고 주변 사람들에게 물어보세요. 한번 말문을 트고 나면 따뜻한 관심과 대화를 이어나갈 수 있지요. 예상하지도 못했던 생활의 지혜를 얻을 수 있답니다.

만나면 왠지 불쾌한 사람

청결한 사람은 주변 사람들로부터 신뢰를 받지요. 반대로 청결하지 못한 인상을 주면 자기관리가 안 되는 사람, 즉 신뢰할 만한 가치가 없다고 판단해버립니다. 일을 하는 관계에서는 말을 할 것도 없고 가벼운 사회생활에서도 마찬가지지요.

바쁘다는 핑계로 몸가짐에 소홀하지는 않나요? 며칠이나 같은 옷을 세탁하지 않고 입는 건 예사고 정신없이 바쁜데다 아무도 보는 사람이 없다고 설거지 그릇이 쌓일 때까지 내버려 두기도 하지요.

그러다 보면 자신은 못 느끼지만 특유의 생활 냄새를 풍기게 되지요. 몸에서 나는 악취뿐 아니라 청소하지 않은 집에서 살면 그 집의 악취까지 몸에 배게 된답니다. 생활 냄새를 자꾸만 풍기는 생활이 조금이라도 지속되면 어느새 주변 사람들로부터 만나면 왠지 불쾌한 사람, 단정하지 못한 사람이라는 인식까지 생기게 하지요.

청결하게 지낸다는 의미는 단순히 몸을 씻고 머리를 감고 이를 닦는 등 몸을 깨끗하게 하는 것에 그치지 않아요. 오염된 옷을 세탁해서 다음에 입을 때를 대비해 말끔히 개거나 옷걸이에 걸어 두고요. 청소와 환기를 해서 집안에 생활 냄새가 배지 않도록 합니다. 책상 위에는 먹다 남은 편의점 음식 찌꺼기나 봉지가 굴러다니지 않도록 하고요.

외양을 단정하게 할 때, 마음과 태도도 더욱 단정해집니다.

이런 일상이 차곡차곡 쌓여 청결한 사람이 되는 거랍니다. 지나치게 민감할 필요는 없지만 바쁘고 귀찮다는 이유로 '이 정도는 괜찮아'라며 어물쩍 넘어가면 곤란합니다. 하나하나는 느끼지 못할 정도로 무감각하지만 쌓이게 되면 어느 순간부터 급격하게 청결감이 떨어지게 되거든요. 여러분 자신도 눈치채지 못할 사이에 말이에요.

귀찮고 싫더라도
'손쉬운 방법을 택하지 않는 마음가짐'이
'사람들의 신뢰를 받는 믿음직한 어른'으로
키워줄 겁니다.
편하다고 생활을 대충대충 하면
인생도 대충대충 살게 됩니다.

타인의 눈으로 나를 바라보면
보이는 것들

'남의 행동을 보고 자신의 행동을 고치라'는 말처럼, 자신의 모습을 스스로는 알지 못하는 법이지요. 집에 전신을 비추는 거울이 있나요? 남이 자신을 어떻게 보고 있는지 확인하기 위해 필요한 것이 바로 거울이에요.

살고 있는 집에는 어떤 거울이 있나요? 욕실에 달려 있는 작은 거울뿐인가요? 그 거울로는 얼굴만 겨우 보이지요?

자신을 객관적으로 보기 위해 전신을 비출 만큼 커다란 거울이 필요하답니다. 상반신만 겨우 볼 수 있는 거울로는 자신의 일부분밖에 확인할 수가 없어요.

나가기 전에는 분주한 와중에도 머리에 까치집이 생기지는 않았는지, 옷이 구겨지지는 않았는지, 옷깃이 접혀 있지는 않는지, 속옷이 비치지는 않는지, 옷을 뒤집어 입지는 않았는지 꼭 체크합니다. 이따금은 자신의 모습을 찬찬히 비춰보며 수면부족으로 얼굴이 퉁퉁 붓지는 않았는지, 일에 치여 피부가 푸석푸석하지는 않은지도 타인의 시선이 되어 확인해보세요.

타인의 시선으로 나를 바라보는 시간을 이따금 가져보세요. '다른 사람의 시선에 나는 어떤 모습으로 비춰질까' 생각해보는 거지요. 지나치게 의식하라는 말이 아닙니다. 인생은 다른 사람과 어울려 살아가는 것이지요. 타인의 시선으로 나를 바라본다는 것은 나에 대한 객관화를 할 수 있다는 점에서 좋아요.

거울로 나의 전신을 비춰보는 일은 나의 존재를 확인하는 일이기도 하답니다.

커다란 거울로 자신의 전신을 확인하는 일은 외출하기 전에 매무새를 매만질 때도 당연 필요하지만, 나라는 사람을 머리부터 발끝까지 비추어보며 몸의 어딘가 이상한 점은 없는지, 관리되지 않는 일상으로 몸의 여기저기 군살이 붙지는 않았는지 확인하는 일을 위해서도 중요하답니다.

시간이 갈수록 문제는 심각해지는 법

시간이 흐를수록 문제는 심각해지는 법입니다. 대부분의 일이 그렇지요. 하다 못해 세탁하는 일에서도 마찬가지지요.

깨끗이 세탁된 옷은 청결함의 기본입니다. 피부에 직접 닿는 속옷이나 양말은 보기에는 더럽지 않은 것처럼 보여도 땀이나 피지로 오염되어 있어서 매일 갈아입어야 해요. 여름에는 특히 셔츠나 바지도 매일 갈아입지 않으면 땀이 배게 되지요.

매일 갈아입지 않는 속옷이나 양말은 내가 미처 알아채지 못하는 생활 냄새로 나에게 배어 있을 수도 있답니다. 코는 냄새에 쉽게 피로해지기 때문에 자신은 깨닫지 못하지만 다른 사람은 쉽게 알아채고 마는 것이지요.

샤워하고 물에 젖은 수건과 하루 종일 입은 옷과 속옷을 세탁기 속에 방치하고 있지는 않은가요? 빨랫감은 되도록 전용 바구니나 세탁 봉투에 넣어 두세요. 빨랫감을 세탁기에 바로 넣어버리면 안 돼요. '어차피 내일 빨 텐데 뭐'라고 생각하지만 오염된 옷에 잡균이 번식하는데다 세탁조까지 곰팡이가 번식하게 되거든요. 비위생적이니까 꼭 기억하세요.

벗은 옷을 습관적으로 바닥이나 의자 등받이에 걸쳐둔 채 방치하면 빨랫감이 순식간에 산더미처럼 쌓이게 되지요. 보기에는 깨끗해 보여도 쌓아두면 땀이나 오염물에서 풍기는 악취가 온 집안에 퍼지게 된답니다.

게다가 세탁해서 깨끗해진 옷을 오염된 옷더미 가까이에 두면 더러운 옷과 깨끗한 옷을 구별할 수 없게 되고요. 여태껏 부모님이 해주신 것처럼 '잘 개서 서랍에 넣기'까지는 힘들더라도 속옷은 속옷 칸에 넣고 주름이 생기면 안 되는 옷은 옷걸이에 넣는 등, 자기 나름대로의 방법을 만들어두면 집안에 옷더미가 몇 개씩 생기는 일은 없을 거예요.

매일 빨래를 하는 것이 힘들다면 주 2회 하는 식으로 정해둘 수도 있겠지요. 빨래는 쌓이면 하기 싫어지는 법입니다. 빨랫감이 적으면 널거나 정리하기도 편해서 오히려 부담 없이 할 수 있어요.

요즘은 깔끔한 셀프빨래방도 많이 생기고 있지요. 주말에 모아서 세탁한다면 이런 셀프빨래방을 이용하는 것도 좋은 방법이에요. 몇 주씩이나 쌓아둬서 더 이상 입을 옷이 없는 지경까지는 가지 않도록 해주세요.

나름의 방법을 만들어나가 보세요

빨래를 하면 말리는 과정은 필수인데요. 셀프빨래방에서 건조까지 하면 된다고 생각할 수 있지만 건조기에 넣으면 안 되는 옷도 있답니다.

말리는 과정에서 젖었을 때 모양을 잡아 주는 게 중요해요. 옷걸이에 너는 경우에는 빨래를 사이에 두고 손뼉 치듯이 양 손바닥으로 강하게 두드려 주름을 펴주세요. 목둘레나 소맷단도 마찬가지로 두드려 주름을 폅니다. 수건과 속옷은 널기 전에 탁탁 털어주면 주름이 펴지고 뻣뻣해지는 것도 막아준답니다. 빨래집게건조대에 널 때는 빨래집게 2개로 펼쳐서 말려주세요.

세탁물은 널 때 모양 그대로 마르기 때문에 널 때 확실히 주름을 펴두면 입을 때 편해요.

집에 늦게 오거나 안전상의 이유로 실내건조를 하는 경우도 많지요. 그럴 때 무심코 커튼레일에 옷걸이를 걸곤 하는데요. 커튼레일은 빨래건조봉이 아니랍니다. 커튼레일에 빨래를 널게 되면 무게 때문에 커튼레일이 바로 휘어지거든요. 사실 커튼은 먼지투성이인 경우가 많아서 비위생적이기도 하고요. 젖은 빨래를 몇 시간이나 걸어두면 커튼이 눅눅해져 곰팡이가 피기도 해요.

베란다가 없거나 공용으로 사용하는 옥상이나 마당이 없어서 부득이하게 실내건조를 해야 한다면 행거나 압축봉을 마련해서 창가나 환기가 잘 되는 곳을 실내건조장으로 정해두세요.

'실내건조 냄새'라는 말을 들어본 적이 있겠지만 덜 마른 채 며칠을 방치하면 빨래에 잡균이 번식하여 불쾌한 냄새가 나게 된답니다. 태양의 자외선은 살균작용을 해서 밖에서 말리면 잡균이 번식하지 않아요. 실내건조를 할 수밖에 없다면 옷감이 두껍거나 잘 마르지 않는 빨래는 셀프빨래방의 건조기를 이용하도록 하고 가능하면 잘 마르는 옷과 속옷 같은 것만 실내건조를 하는 식으로 하세요.

다 마른 빨래를 그대로 둔 채 젖은 빨래를 같이 널면 기껏 말린 빨래까지 눅눅해져 냄새가 나기도 해요. 다 마른 옷은 다른 행거로 옮기든지 아니면 옷장이나 수납상자에 정리합니다.

서랍에 넣는 것이 귀찮다면 속옷이나 양말은 나눠서 바구니에 넣기만 해도 괜찮아요.

번거로울 것 같지요? 지금까지는 모두 부모님이 그 나름의 방식으로 해주셨답니다. 부모님과 똑같이 할 필요는 없지만 혼자 산다고 귀찮아하지 말고 자기 나름대로 방법을 만들어 실천하다 보면 생활은 그만큼 편해질 거예요.

나의 향으로 공간을 가꾼다

자신의 향으로 집 냄새를 바꾸는 이야기를 앞에서 했는데요. 기분 좋은 향으로 바뀌었다면 사는 데 별 문제없다는 증거가 될 수도 있지만, 혹시라도 친구가 놀러왔는데 '이상한 냄새가 나는데?'라고 의식하게 된다면 주의가 필요합니다. 자신만의 고유한 생활 냄새가 다른 사람에게는 불쾌한 냄새가 될 수도 있거든요.

어느 집이나 사람이 살면 생활 냄새는 당연히 있지요. 집안에서 담배를 피운다면 다른 사람에게 불쾌한 느낌이 들지 않도록 환기를 열심히 해야 해요. 가끔씩 커튼을 세탁하기만 해도 냄새는 줄어든답니다. 곰팡이나 먼지 냄새는 청소를 하지 않아서 생기는 냄새고요. 이런 집 냄새가 의류에 밸만큼 지독한 악취가 되지 않도록 집안을 깨끗하게 해야겠지요.

냄새의 대부분은 오염된 의류의 피지나 주방의 찌든 기름때, 음식물쓰레기 등에서 생깁니다. 집 냄새를 잡으려고 탈취제나 방향제를 사용하는 사람도 있지만, 냄새를 줄일 수는 있어도 오염물을 제거하지는 못해서 일시적 효과만 있을 뿐, 근본적으로 냄새를 없애지는 못해요. 오래 사용하면 그 또한 화학약품이라서 집안에 축적되고 체질에 따라서는 몸 상태가 나빠질 수도 있으므로 신경 쓸 필요가 있답니다.

냄새를 잡는 데에는 뭐니 뭐니 해도 물걸레 청소가 최고지요. 빗자루로 쓰레기를 쓸어 담은 후 걸레질을 하는 것이 집안 청소의 기본인데, 특히 고온다습한 시기에는 매우 효과적인 청소 방법이랍니다. 요즘은 물걸레 청소포 같은 제품도 있지만 화학약품을 사용한 것도 있어서 가능하면 빨아서 쓰는 물걸레로 청소하는 방법이 가장 확실해요. 돈도 들지 않고요.

청소 방법도 간단합니다. 물걸레를 빨아서 꼭 짠 후 손이나 몸이 닿는 바닥, 문, 손잡이, 벽을 닦기만 하면 끝이에요. 그것만으로 더러움뿐 아니라 냄새도 사라지지요.

답례품으로 받아온 얇은 수건이나 낡은 티셔츠같이 빨기 쉬운 면직물이 물걸레로 하기에 적합하답니다. 일부러 걸레를 사지 말고 집에서 적당한 것을 찾아보세요.

걸레는 더러워지면 바로 빨아야 하는데요. 더러워진 부분으로 계속 닦으면 오히려 때를 다른 곳으로 옮기는 셈이거든요. 심한 기름때는 입지 않는 티셔츠나 낡은 수건을 면보루 대용으로 닦아서 그대로 버리면 되고요. 버리는 티셔츠 같은 걸 작게 잘라서 안 쓰는 상자에 담아두면 기름때가 보일 때마다 닦아서 버릴 수 있어서 편리하답니다.

상쾌하게 아침을 맞고
말끔하게 저녁을 보내는 법

하루를 상쾌하게 맞는 가장 간단한 방법은 아침에 일어나 잠자리를 정리하는 것이랍니다. 하루 끝에 말끔하게 정리된 이부자리를 펼쳐서 몸을 누이면 몸과 마음이 푸근해지지요.

정리되지 않고 어질러진 잠자리에서 매일 저녁 잠을 자는 일은 하루의 복잡했던 일들을 모두 가지고 잠에 드는 듯 심란한 마음의 원인이 되기도 하답니다.

아침에 일어나면 귀찮고 아무도 간섭하지 않는다고 이불을 그대로 두는 사람도 많을 거예요. 하지만 이불을 펴둔 채로 둬서는 안 됩니다. 침대의 경우에는 일어나면 덮었던 이불을 개서 침대시트나 패드에 공기를 통하게 해주세요. 공기에 많이 노출시킬수록 침구는 청결해진다는 사실을 잊지 마세요. 특히 바닥에 이불을 펼쳐서 잠을 자는 경우에 이불을 접지 않고 바닥에 계속 깔아두면, 통기성이 나빠져서 곰팡이나 진드기가 생기기 쉬워요. 이불의 면이 습기 때문에 뭉쳐져 잠자리가 불편하게 되기도 하고요.

이불을 이불장에 넣는 게 귀찮다면 일어나서 이불을 개서 바닥에 두기만 해도 괜찮아요. 이불을 힘껏 털어서 개면 바람이 들어가 먼지까지 떨어지거든요.

쉬는 날 날씨가 좋으면 5분만이라도 이불을 햇볕에 널어주세요. 오래 내놓지 않아도 괜찮아요. 조금이라도 햇볕을 쬐면 이불을 위생적으로 관리할 수 있거든요. 침대 역시 침구를 치우고 매트리스에 충분히 공기가 통할 수 있게 하고요.

침대는 의외로 먼지가 잘 쌓여서 일주일에 한 번 정도는 전용 노즐을 꽂아 청소기를 돌려줘야 해요. 베개 커버나 침대 패드는 속옷처럼 땀이나 피지로 오염된답니다. 1~2주에 한 번 정도는 세탁해서 깨끗하게 사용해주세요.

매일의 작은 청소로 만드는 정돈된 나

매일 생활 속에서 하는 작은 청소가 말끔한 하루하루를 만드는 매우 효과적인 방법입니다. 청소를 매일 할 필요가 없을 만큼 지저분해지지는 않는다고 해도 정리는 매일 해야 한답니다.

적어도 일주일에 한 번은 청소를 하는 것이 좋습니다. 쉬는 날을 청소의 날로 정해 두면 좋겠지요. 물론 휴일에는 다른 할 일도 많을 테니 30분이나 15분만 시간을 내 청소에 할당해도 충분하고요.

세면대에 떨어진 머리카락이나 주방 바닥에 남은 국물자국, 식탁 위에 생긴 컵 자국, 현관에 떨어진 흙을 발견하는 대로 행주나 면으로 말끔하게 닦아내기만 하면 되는데요. 이런 작은 청소가 일주일에 한 번 하는 청소를 굉장히 편하게 해준답니다.

청소의 기본은 '위에서 아래로'입니다. 청소의 날에는 위에서 아래로 옷장 위부터 책장 위, 테이블 위, 마지막으로 바닥 위를 청소합니다. 바닥보다 높은 물건은 먼지가 주된 오염물이므로 시판 더스터나 먼지떨이 등 가지고 있는 청소도구로 먼지가 뭉치기 전에 떨어내주세요.

먼지를 떨어냈으면 다음은 바닥인데요. 바닥은 보기에는 괜찮아 보여도 먼지나 과자 부스러기 같은 미세한 쓰레기와 머리카락이 떨어져 있어요. 우선 바닥에 있는 물건을 테이블 위 등으로 옮긴 후 단번에 청소기와 빗자루로 청소합니다. 물건을 이동시키지 않고 청소하면 손이 더 가게 된답니다.

못 본 척하지 않는다

살다 보면 집 어딘가 못 본 척하고 싶은 곳이 생긴답니다. 욕실이나 주방 싱크대의 배수구, 가스레인지 주변, 화장실 변기 같은 곳인데요.

욕실 배수구는 막혀서 물이 빠지지 않고, 싱크대의 배수구는 기름때로 미끈미끈한데다 악취를 풍기고, 가스레인지 주변은 끈적끈적하고, 변기에는 때가 찌들어 있고……. 그게 싫어서 주방에서 요리를 하지 않거나 화장실 볼일을 참는 지경에 이르면 안 되겠지요.

여태껏 한 번도 이런 부분을 청소한 적이 없다면 아예 더럽다는 사실을 깨닫지 못할 수도 있어요. 매번 이런 부분에 신경 쓰라고 말할 수도 없으니 당분간은 일주일에 한 번 하는 청소의 날에 꼭 체크해주세요. 그러다 보면 목욕하면서 바닥의 곰팡이나 배수구를 살펴보는 습관도 생길 거예요.

욕실은 바닥을 닦지 않으면 분홍색 물곰팡이가 생겨 미끌미끌해지니까 눈에 띄면 바로 청소솔로 문지른 후 물을 흘려보내세요. 배수구가 막히면 쓰레기를 빼내고 솔질을 하고요. 주방이 기름으로 번들번들해지면 행주로 닦으면 된답니다. 현관은 매일 드나드는데도 무심하기 십상이지요. 현관의 흙먼지는 집안으로 들어오니까 우선 신지 않는 신발을 정리한 후 비질을 해주세요. 그때 현관 밖도 신경을 써서 깨끗하게 해두면 이웃에게도 좋은 인상을 줄 수 있지요.

못 본 척하고 싶은 곳은 자주 사용하는 공간이라 그만큼 쉽게 지저분해지는 곳이기도 하답니다. 사용할 때마다 눈에 보이지만 참고 사용하다 보면 마음에 찌꺼기가 남는 듯 거슬리지요.

이를 닦으면서 미끌미끌한 부분을 청소솔로 문지르기, 샤워기에서 따뜻한 물이 나오는 잠시 잠깐 동안 변기를 솔로 닦기 등 잠깐만 시간을 내면 애써 못 본 척하지 않아도 되지요.

시간에 쫓겨서 이를 닦고, 급한 마음으로 밥을 먹고, 걱정 가득한 상태로 샤워를 하는 날들을 계속해서 보내면, 잠깐의 여유를 내어 주변의 작은 얼룩을 닦고 씻을 여유조차도 생기지 않아요. 주변을 둘러보고 살필 마음의 여유가 있기를 바라요.

내 몸을 진정으로
걱정하는 사람은 나뿐이다

나를 챙겨주던 사람의 그늘에서 벗어나 살게 되면 건강관리는 스스로 해야겠지요. 지금까지 '빨리 자', '채소도 같이 먹어야지', '다리 떨지 마라' 같은 이야기를 들으면 속으로 '또 지긋지긋한 잔소리!'라고 치부하지는 않았나요?

여러분의 몸을 생각해서 한 말이었을 테지만 매일같이 들으면 어린애 취급하는 것 같고, 알아서 할 텐데 괜한 참견을 한다며 짜증을 내기도 십상이지요.

이제 내 몸을 걱정하는 사람은 자신뿐이에요. 스스로 '오늘은 피곤하니까 일찍 잠자리에 들어야지', '며칠 동안 인스턴트

식품을 많이 먹었으니까 오늘 저녁에는 샐러드라도 사먹어야 겠어' 같이 건강에 대한 의식을 가지고 살아가야 해요.

그렇게 어른이 되는 거랍니다. 누군가 시간과 관심을 들여 보살피고 키웠던 어린아이에서 스스로 처신할 수 있는 자립한 어른이 되는 거지요. 나아가 누군가를 지키고 키우는, 어른의 심오하고 풍요로운 삶이 기다리고 있다는 의미이기도 해요.

몸이 보내는 신호를 무시하지 말 것

무슨 일이 있으면 먼저 몸 상태가 나빠지거나 하지는 않나요? 철들면서부터 항상 부실하다고 생각했던 부분 말이에요.

이를테면 '스트레스를 받으면 배가 아프다'거나 '목이 약 해서 바로 감기에 걸린다', '피곤하면 두드러기가 생긴다', '환 절기가 되면 코와 귀에 염증이 생긴다' 등 병까지는 아니지만 몸 상태가 나빠지는 거지요.

이런 증상은 몸이 '쉬고 싶다'는 신호를 보내는 것이랍니 다. 지금은 생활 리듬이 크게 바뀌는 시기인데요. 이른바 몸도 머리도 마음도 긴장의 연속인 상태지요. 평소보다 쉽게 지치고 스트레스도 잘 받는 시기라고 생각하면 됩니다. 몸이 보내는 신호에 평소보다 민감하게 반응해서 빨리 대처할 수 있도록 해야겠지요.

지금까지 몸이 나른해도 부모님이 '얼굴빛이 어두운데 어딘가 안 좋은 거 아니니?'라고 말하기까지는 느끼지 못하거나 몸이 아파도 '금방 낫겠지' 하며 방치한 적은 없나요? 그런 사람은 혼자 살아도 자신의 몸 상태가 좋지 않다는 사실을 느끼지 못하기도 한답니다. 좀 피곤하다 싶으면 우선 체온계로 열이 있는지 재어보세요. 37.5℃ 이상이면 따뜻하게 해서 자면 되고요. 38℃를 넘어 설사나 구토 증상이 있으면 병원에 가거나 해서 자신의 몸을 돌봐주세요.

이렇게 몸 상태에 이상이 느껴지면 약을 먹거나 병원에 가는 대처도 필요하지만 무엇보다 중요한 것은 생활을 바로잡는 일이에요.

자기도 모르게 건강하지 못한 식생활을 하거나 수면 부족에 시달리지는 않았나요? 새로운 환경과 인간관계 속에서 어느새 스트레스가 쌓여 피로가 풀리지 않은 건 아닌가요? 새로운 집의 잠자리가 온도나 소리 때문에 깊은 잠에 들지 못하는 위치는 아닌가요?

습관을 고치지 않은 채 몸 상태가 이상한 채로 계속 내버려 두면 생활하는 것 자체가 부담이 될 수 있어요. 조기에 그 원인을 찾아 제거해야겠지요.

위험을 즉각 인지하고 반응한다

주변에 누가 있으면 아프거나 다쳐서 급격하게 증상이 악화돼도 도움을 받을 수 있지만, 혼자라면 믿을 데라고는 자신뿐이랍니다. 상태가 나빠져서 움직일 수 없게 되기 전에 빨리 대처해야 해요. 혼자 걸을 수 있을 때 택시비를 아까워하지 말고 병원으로 바로 달려갑니다. 긴급을 요할지도 모르는데 목숨은 돈으로 바꿀 수 없지요.

알레르기 반응은 특히 주의해야 해요. 급격하게 발생하는 전신성의 강한 알레르기 반응으로 인해 쇼크 상태에 빠지는 과민성 쇼크(anaphylactic shock)에 빠질 수도 있어요.

혹시 알레르기 같은 건 없나요? 알레르기가 있다면 무엇을 조심해야 하는지 알고 있겠지만 생활이 바뀌면 여태껏 문제 없었던 음식이 알레르기 반응을 일으키기도 해요. 지금까지와는 다른 환경에서, 이를테면 청소를 하지 않은 탓에 먼지나 곰 팡이가 원인이 되어 알레르기를 일으키기도 하지요.

알레르기 증상인 두드러기나 천식은 생명과 연관되기도 합 니다. 호흡곤란이나 어지러운 증상이 나타나면 즉시 119에 연락해 구급차를 부르세요. 알레르기는 급격하게 증상이 진행 되므로 의식이 없어질 때를 대비해 현관문은 잠그지 말고 입 구 근처에서 대기하며 바로 구급대원이 응급처치를 할 수 있 도록 합니다. 건강보험 확인을 위해 신분증을 항상 가지고 다 니는 것도 잊지 말아야겠지요.

원인이 무엇이든 고열이 며칠이나 계속 되면 더 이상 혼자 서 관리하기는 힘들어지지요. 탈수 증상 때문에 위험한 상태 가 될 수도 있어서 며칠이 지나도 상태가 나아지지 않으면 누 군가 와 달라고 하든지 아니면 직접 택시를 불러 병원에 가야 합니다. 고통스러운 기침이 멈추지 않고 폐가 아파서 움직일 수 없는 상태에 이르면 폐렴이 염려되기도 하고요. 빠른 대처 가 무엇보다 중요해요.

복통이나 구토감도 가볍게 넘길 증상은 아니지요. 극심한 통증 때문에 몸을 구부리고 간신히 참거나 식은땀이 흐르고 떨림이 멎지 않는데도 배탈이라고 가볍게 여기지 말고 바로 병원에 가도록 합니다. 식중독이나 맹장, 장이 막히는 장폐색, 장이 꼬이는 장염전 등 건강한 사람이 갑작스런 병으로 생명이 위태로워지는 경우는 많아요. 병세가 심각해지기 전에 꼭 병원에 가보세요.

그리고 크고 작게 다치는 경우일 텐데요. 날붙이에 손을 베인 정도라도 출혈이 멈추지 않는다면 동맥이 잘렸을 수도 있어요. 한나절이나 하루 만에 갑자기 아프기 시작해 점점 피부가 부어오르는 증상도 내부에 염증이 생겼을 수 있고요. 증상이 심해지면 가볍게 넘기지 말고 무조건 병원에서 진찰을 받도록 합니다. 별 이상 없으면 안심하면 되고 처치가 빠를수록 증상도 가볍고 빨리 낫는 법이니까요.

아프기 전에는 약상자의 필요성을 잘 인식하지 못합니다. 홀로 밥을 먹다 보면 나도 모르게 빨리 먹게 되곤 하지요. 밤이 늦었는데 머리가 아프고 속이 미식거리며 체한 증상에 괴로워도 그 흔한 소화제 한 알이 없어서 혼자 끙끙 앓는 밤을 상상해보세요.

문에 손가락이 끼기도 하고 부엌칼에 베이기도 해서 다치는 일도 있을 텐데요. 작은 상처를 내버려두면 염증이 심해지니까 다쳤을 때는 바로 처치할 수 있도록 소독약과 상처에 바르는 약, 반창고 정도는 준비해두세요.

감기 기운이 있을 때 복용하는 감기약, 두통이나 열이 날 때 사용하는 해열진통제, 속이 쓰리거나 배가 아플 때 먹는 위장약 등 기본적인 약들도 구비해두어야 하겠지요.

이러한 상비약은 바로 손에 잡히도록 찾기 쉬운 장소에 모아두는 것이 중요합니다. 멋들어진 약상자는 필요 없어요. 모아서 수납해두기만 하면 바구니든 상자든 상관없답니다. 필요할 때 금방 찾지 못하면 또 구입해야 해서 불필요한 지출이 되어버리니까 명심하세요.

타인의 시선으로
나를 바라보는 시간을 이따금 가져보세요.
'다른 사람의 시선에 나는 어떤 모습으로 비춰질까'
생각해보는 거지요.
지나치게 의식하라는 말이 아닙니다.
나에 대한 객관화를 할 수 있다는 점에서 좋아요.

아쉬운 부분은 아쉬운 대로
사는 방법을 터득한다

돈에 대한 인식을 갖고 있지 않는 한, 대체로 사회에 막 나와 돈 관리를 철저하게 하는 사람은 잘 없답니다. 대부분 금전적 지원을 받으며 지내왔기 때문에 돈에 대한 위기감을 그다지 느끼지 못했을 겁니다.

돈에 관한 경험이라고는 갖고 싶은 물건을 사기 위해, 혹은 친구들과 놀러가려고 아르바이트로 돈을 모으거나 용돈을 모은 정도가 전부일지도 몰라요.

앞으로는 사회인이라면 매달 월급으로, 학생이라면 부모님이 보내주시는 생활비와 아르바이트비로 전반적인 생활을 꾸려가야 해요. 당연한 이야기지만 생활을 떠받치는 것은 돈입니다. 계획 없이 쓰다 보면 생활 자체가 유지하기 힘들어지게 되고요. 낭비하지 않고 충동구매를 자제하는 등 늘 돈에 대한 의식을 가지고 있어야 해요.

일상의 전기요금, 수도요금, 통신비 등 살아가는 데 필요한 거의 모든 것에 돈이 든다는 사실도 잘 알아 두세요. 자신이 쓰는 만큼 돈을 지불해야 한다는 의미랍니다.

최소한의 지출만으로 생활해볼 것

모든 일에 돈이 든다는 사실이 실감나나요? 특히 식비가 그럴 겁니다. 계속 외식을 하다 보면 순식간에 돈이 떨어지게 되지요. 마음이 풀어져서 취미에 돈을 쏟아붓거나 좋아하는 옷을 마구 사들이면 생활비는 금세 바닥이 납니다.

처음에는 입출금을 정확하게 파악하거나 저축하려 들지 말고 지출을 관리한다는 느낌으로 지내보세요. 꼭 써야 할 돈만 쓰면 어떻게든 살아갈 수 있답니다.

집세, 매달 나가는 공과금, 휴대전화요금 등 통신비같이 꼭 써야 할 지출은 주로 월말에 몰아서 나오지요. 어느 항목에 얼마나 드는지 지금 바로 말할 수 있나요? 부모님이 집 계약을 해서 집세가 얼마인지 모르는 사람도 있을 텐데요. 이런 돈은 정확한 관리가 필요하므로 꼭 확인해 두세요.

금전관리를 잘 하는 사람이라면 가계부 쓰기를 추천하겠지만 바쁜 와중에 자잘한 입출금까지 기록하기란 쉽지 않을 겁니다. 그래서 처음 한 달 동안만 영수증을 따로 모아두었다가 나중에 집계하는 방법을 추천한답니다. 스마트폰의 가계부 어플리케이션에 입력하는 것도 좋은 방법이에요.

식비와 세제·비누·샴푸 등 소모품에 얼마나 필요한지, 매달 공과금은 얼마나 드는지, 교통비나 친구들과의 모임에는 어느 정도 비용이 드는지 정리해보면 한 달 동안의 생활 방식이 파악될 겁니다. 한 달간의 지출 스타일을 알면 갑자기 돈이 부족하거나 생활에 어려움을 겪을 일은 없을 거예요.

갖고 싶다고 바로 사는 조급함을 버린다

생활을 하다 보면 갖고 싶은 물건이 하나둘 생기지요. '책장이 있으면 편리할 텐데', '식탁을 살까' 등 갖고 싶은 물건이 생길 텐데요. 이제껏 살던 집은 몇 년에 걸쳐 살기 편하게 공들여 가꿔 온 집입니다. 부모님 집과 비교하면 부족하거나 불편한 것 투성이라는 생각이 들기도 할 거예요.

조급한 마음을 갖지 말라고 이야기하고 싶어요. 당장 몇 달 내로 몇 년에 걸쳐 가꿔온 집처럼 갖추려고 하지 마세요. 자신의 생활 패턴을 알고 집에서 시간을 어떻게 보내는지 정해지고 난 후에 '아무래도 식탁은 사야겠어'라는 결정을 내리거나 '집이 좁아서 책장은 둘 데가 없겠네'라는 식으로 자기 나름대로 갖고 싶은 물건을 조정하면 됩니다.

주의해야 할 것은 충동구매입니다. 갖고 싶다고 바로 사버리면 나중에는 버리려야 버릴 수 없게 되서 가뜩이나 비좁은 집이 금세 꽉 차게 됩니다. 돈도 아까울 뿐더러 공간까지 차지해서 살기 불편하게 되겠지요.

부족한 것은 부족한 대로 요령을 찾아가며 생활해보세요. 소유욕인지 정말 필요에 의한 구매인지는 조금만 시간이 지나면 판가름이 납니다. 당장은 없으면 안 될 것 같이 느껴지겠지만 조급함이 마음에 불을 붙인 것일 수 있어요. 2~3개월이 지나도 여전히 불편하고 갖고 싶다는 생각이 들면 그때 구입해도 되니까요.

건강을 해쳐가며 즐거움을 살 건가요?

충분하지 않은 생활비로 살다 보면 가장 유동적으로 관리할 수 있는 부분이 식비일 텐데요. 식재료를 사서 조리해 잘 활용하면 혼자 월 22만 원도 채 쓰지 않고 생활할 수 있답니다. 패스트푸드점이나 분식집, 편의점 도시락을 하루 한 끼 정도 사 먹으면 하루에 1만 원이 넘게 들어서 월 30만 원이 훌쩍 넘는 식생활비가 들 수도 있지요. 패밀리레스토랑이나 술집 같은 데서 주 2~3회 외식을 한다면 한 달에 식비가 50만 원도 더 들 수도 있고요. 물론 혼자 살면서도 식생활의 질이나 기쁨을 찾으려 한다면 더 많이 쓰는 사람도 있을 수 있겠지요.

식비는 사는 데 필수적이면서도 조정 폭이 넓은 편으로 유연성이 좋은 돈이에요. 그렇다고 식비를 줄여서 다른 데 돈을 쓰는 버릇을 들이면 안 됩니다.

갖고 싶은 물건을 사거나 취미에 돈을 쓰려고 식비를 줄인다면 건강을 해쳐가며 즐거움을 사는 꼴이지요. 손쉽게 식비를 줄이려고 편의점 삼각김밥이나 과자로 식사를 대신한다면 간편함에 대한 대가로 몸이 축나게 될 거예요. 더군다나 건강을 회복하는 데 드는 의료비는 훨씬 비싸고요.

누구에게 의지하면 마음이 놓일지 판단한다

인생의 경험이 풍부해지면 '어려울 때는 피차일반', '무사는 동병상련'이라는 표현처럼 서로 돕고 의지하는 지혜가 생깁니다. 아직은 젊어서 도움을 청하는 게 부끄럽다고 여길 수도 있어요.

힘들 때는 남에게 의지하세요. 혼자서 모든 걸 해내는 게 어른이 아니랍니다. 힘들 때 의지하는 강인함을 기르길 바라요. 다만 누구에게 의지하면 마음이 놓일지, 누구한테 의지하면 나중에 위험해질지 구별하는 지혜가 필요해요. 조금이라도 더 살아온 인생 선배로서 하는 말이니 꼭 마음에 새겨두었으면 해요.

돈이 부족할 때 마음 놓고 의지할 수 있는 상대는 누가 뭐라 해도 부모뿐이랍니다. 정말 힘들면 우선은 부모님에게 상담해 방법을 모색해 보도록 해요. 부모에게도 말하지 못하는 돈을 다른 데서 빌리면 더욱 위험하다는 사실을 잊지 마세요.

부모님 외에는 빚을 지면 안 됩니다. 카드론, 현금서비스, 소비자금융 등은 절대로 이용하면 안 돼요. 친구에게 빌리는 것 역시 말할 필요도 없고요. 금전거래는 신뢰관계를 깨는 원인이 됩니다.

식사비용이라면 요령껏 남에게 기대보세요. 식비라도 줄여 어떻게든 버티고 있을 때는 친구나 선배에게 의지해도 됩니다. 특히 비슷한 또래의 자녀가 있는 어머니는 남의 자식이라도 자신의 아이처럼 걱정하는 법이지요. 부모님과 함께 사는 친구에게 밥 좀 달라고 하면 친구의 어머니는 기꺼이 배불리 먹여주실 거예요. 너무 자주 가면 민폐가 되겠지만 정말 힘들 때라면 괜찮을 겁니다.

자립해서 살아가는 데 필요한 능력은 다른 사람의 지원을 받아들이는 능력입니다. 어떻게든 혼자서 해나가려고 노력하는 것은 대견하지만 '뭐든 혼자 힘으로 어찌어찌 되겠지'라는 생각은 무식하다고 할 수 있어요. 그러다 사태가 더욱 악화되면 주변 사람들에게 민폐를 끼치기도 하고요.

혼자 살 때는 실패까지 포함해 인생을 알게 되는 시기지요.

힘들면 남에게 의지하는 강인함도 때로는 필요하답니다.

최소한의 현금을 몸에 지닌다

돈 관리는 어떻게 하고 있나요? 통장과 지갑을 사용하는 방법은 돈을 관리하는 방법과 직접적으로 관련이 있어요. 가정을 꾸리면 개인 통장과 가계용 통장으로 나누는 사람이 많은데 혼자 사는 경우에는 어떻게 하면 좋을까요?

집세나 수도비, 전기세 등 월말에 몰아서 나가는 돈은 차치하고 식비나 교통비 같이 일상적으로 필요한 돈은 일주일 단위로 인출해서 지갑에 넣어두는 게 편하답니다.

이를테면 일주일에 한 번 10만 원을 찾아서 그 돈으로 생활합니다. 일주일 치를 찾아도 며칠 만에 다 써버린다면, 월요일과 금요일에 5만 원씩 찾아서 지갑에 넣어두는 방법도 좋겠지요.

소지금이라는 말을 알고 있나요? 옛날 사람들이 여행할 때, 유사시를 대비해 옷 속에 넣어 꿰매고 다녔던 돈을 말하는데요. 어려울 때를 대비해 현금을 마련해 두는 게 미덕이었답니다.

돈을 벌기 시작한 뒤로는 부모님이나 형제에게 돈을 좀 빌려달라는 말을 하기가 어렵지요. 월급날에 가까워왔는데 몇 만 원이 수중에 없어서 식사를 사먹을 수가 없다거나 깜빡 잊고 지갑을 두고 나왔는데 택시를 타야 한다거나 하는 상황도 생길 수 있지요. 그럴 때를 대비해서 자주 가지고 다니는 물건이나 집안 여기저기에 비상금을 넣어두면 좋아요. 적은 금액이라도 상관없답니다. 교통카드 케이스에 1만 원, 에코백 주머니에 5,000원, 연필꽂이에 5,000원 같은 식으로요. 평소에는 쓰지 않도록 하고 비상시에 뒤지면 한 끼 밥값 정도의 돈이 나오도록 해두면 급할 때 도움이 되겠지요.

잘못을 알았을 때는 바로 말한다

문구용품을 사면서 '이 가격이 맞나?' 싶어도 그냥 계산하고 나서 집에 돌아와 영수증을 봤더니 숫자 입력이 잘못 되었다거나 편의점에서 아무 생각 없이 잔돈을 받아 넣었는데 나중에 지갑을 봤더니 1,000원이 모자랐던 적은 없나요? 가격표를 보지 않고 바구니에 담은 과일이 한 끼 밥값이라는 사실을 계산할 때야 알았지만 취소하기 민망해 그냥 샀다거나 망에 든 양파를 사서 쓰려고 보니 한 개가 썩어 있다거나……. 살다 보면 사소한 돈 문제는 따르기 마련이지요.

잘못을 알아차렸을 때 바로바로 말이나 행동으로 상대방에서 전하는 것은 중요한 부분이에요. 계산대 실수는 영수증을 제시해 바로 환불 받고 벌레 먹은 쌀은 교환하고, 제대로 세탁되지 않은 옷은 다시 세탁을 요청하는 등 머뭇거리며 시간을 지체하거나 귀찮아하지 말고 적극적으로 대처해보는 겁니다. 시간이 지나면 요청을 하기가 곤란해져요.

자잘한 금액을 챙긴다고 부끄럽게 생각할 필요 없어요. 부자일수록 푼돈도 허투루 쓰지 않는답니다. 1,000원, 2,000원도 소홀하게 다루지 않는 사람이 진정한 부자가 될 수 있다는 말인데요. 5성급 호텔에서도 멋진 슈트를 차려입은 여성이 체크아웃하면서 영수증 항목을 꼼꼼히 확인하는 모습을 볼 수 있지요. 어엿한 사회인으로서 당당하고 떳떳한 태도를 갖춰보면 어떨까요?

습관이
안전한 공간을 만든다

홀로 남겨진 집에서 바람 소리나 옆집에서 나는 소리 때문에 불안해서 밤잠을 설친 적은 없나요? 누군가와 함께 있을 때는 느끼지 못했던 불안일 텐데요. 가족과 함께 살아서 안전할 거라고 생각했기 때문은 아닐까요?

저녁이면 어머니가 베란다 문을 닫고 밤에는 불 단속을 합니다. 현관문 잠금장치는 마지막으로 집에 온 아버지가 확인하고요. 이렇게 일상 속에서 무심히 반복해온 습관이 집을 안전하고 안심할 수 있는 공간으로 지켜준 것이지요. 그저 살기만 해서는 안전하고 마음 놓을 수 있는 집이 되지 않아요. 집을 안전하고 마음 편한 공간으로 만들기 위해서는 무엇을 해야 할까요?

기본적으로 해야 할 일은 네다섯 가지 정도인데요. 그 몇 가지를 깜박 잊거나 소홀히 하면 어떻게 되는지 꼭 기억해두세요. 피해자가 되지 않을 뿐더러 가해자로 평생을 속죄하며 살지 않기 위해서도 대단히 중요합니다.

조그만 방심이 큰일을 만든다

혼자 살면서 가장 신경 써야 할 부분은 불을 내지 않는 것이에요. 화재는 자신뿐만 아니라 이웃 주민의 생명과도 관련 있지요. 가스레인지에 주전자나 냄비를 올려놓고 깜박하지 않도록 하고, 외출할 때는 가스레인지 불을 껐는지 가스난로에서 가스가 새지는 않는지 확인하는 습관이 필요합니다.

화재는 꼭 불에 의해서만 발생하지는 않아요. 다리미나 헤어드라이어, 헤어스타일러를 깜박하고 끄지 않으면 고온으로 과열되어 불이 나는 경우도 있고요. 먼지투성이 콘센트에서 불이 나거나 조악한 품질의 스마트폰 배터리에서 발화했다는 뉴스도 종종 접하게 되지요.

우선은 외출하기 전과 자기 전에 집안을 전체적으로 빠르게 점검하는 습관을 들이세요. 집합건물이라면 미리 소화기의 위치도 확인해두고요. 만일의 경우에 대비해 작은 소화기를 마련해도 좋겠지요.

혼자 살다 보면 누수도 심심찮게 일어나는데요. 목욕물을 틀어놓거나 변기가 막혀서 넘치는 경우, 혹은 세탁기 배수호스가 빠진 걸 몰랐거나 태풍 예보에도 창문을 열어둔 채 외출하는 바람에 비가 집안으로 들이쳐 바닥과 가구가 온통 물에 젖고 아래층에 비가 새기도 하지요.

누수는 자신의 집은 물론 집합건물의 아래층 사람에게도 큰 피해를 주는 사고예요. 조심하라고 해도 어떻게 해야 할지 잘 모를 수도 있지만 '누수 사고가 일어나기도 한다'는 사실만 기억해도 조금씩 배려하는 마음이 생길 겁니다.

누수 사고의 원인이 여러분에게 있고 아래층에 금전적인 손해와 민폐를 끼쳤다면, 손해배상(수리비)과 위자료 청구를 당할 수도 있어요.

자신의 몸은 스스로 지킨다

빈집털이는 대부분 잠금장치가 허술한 집이나 유리를 깨고 들어간다고 합니다. 외출할 때 현관문을 잠그지 않는 일은 물론 없겠지만 높은 층에 살면 방심해서 창문을 잠그지 않고 나가는 사람도 꽤 있는 것 같아요. 도둑은 위에서 내려와 침입한다고 하지요. 외출할 때는 창문 단속도 잊지 마세요.

방범창이 있어도 화장실이나 주방, 욕실의 작은 창문까지 외출할 때는 단단히 잠가야 해요. 설마 이런 데로 들어올까 싶은 곳으로 도둑은 침입한답니다.

쓰레기를 버리러 가거나 편의점에 갈 때처럼 잠깐 다녀오는 경우에도 주의가 필요한데요. 문단속을 제대로 하지 않아 빈집털이를 당한 사건이 많이 일어나고 있어요. 최근 빈집털이는 차림새나 행동이 주민처럼 자연스러워 가까이 있어도 별 위화감을 못 느끼고 그냥 지나친다고 합니다. 아파트 복도에서 출근을 가장해 잠복하고 있을지도 모르고요. 언제나 문단속은 철저히 하는 습관을 들여주세요.

집에 있을 때도 문단속은 잊지 마세요. 잠잘 때 창문을 잠그지 않거나 심지어 열어둔 채로 자면 큰일 납니다.

여성이라면 방범에는 더욱 주의를 기울여야 해요. 문단속 소홀로 인한 피해가 많다는 점을 잊지 마시고요. 젊은 여성이 혼자 산다는 사실을 알 만한 세탁물을 베란다처럼 사람들 눈에 띄는 장소에 널어 두면 위험할 수 있어요.

귀갓길에 누군가 따라오는 느낌이 들면 바로 집으로 들어가지 말고 사람들이 많이 다니는 장소나 편의점으로 피합니다. 이웃에 안면이 있는 가족이나 노부부가 살면 위험한 순간에 도움을 받을 수도 있으니까 평소에 친분을 쌓아두는 게 좋겠지요.

남성의 경우에는 생활 소음 때문에 이웃과 갈등이 생기기 쉬워요. 단독주택의 본가에서 살던 때처럼 발소리에 개의치 않고 집안을 걸어 다니거나 문을 난폭하게 여닫아 쾅 소리를 내기도 하고 늦은 밤이나 이른 아침에 샤워를 하는 바람에 물소리가 크게 나기도 하지요. 건물 구조에 따라 소리의 전달방식은 다른데요. '이 정도 소리는 괜찮겠지' 싶어도 상대방에게 어떻게 들릴지는 알 수 없답니다. 집합주택에서 일어나는 이웃 간의 분쟁은 거의 소음을 둘러싼 문제라고 하지요. 낮 시간에는 주변 소리도 있어서 크게 문제되지 않지만 밤 9시부터 아침 8시 사이에는 꼭 조심하세요.

위기의 순간에 힘이 되는 사람

자연재해는 언제 어디에서 일어날지 예측하기 쉽지 않습니다. 특히 지진이 그렇지요. 잠자리는 지진이 일어나도 머리를 보호할 수 있는 위치여야 해요. 텔레비전이나 책장, 전자레인지 같은 대형 물건은 넘어지지 않도록 조치하고요. 빌린 집이니까 압축봉처럼 벽에 흠집을 내지 않는 방재용품을 사용하도록 합니다.

만에 하나 재난이 발생할 때를 대비해 갖춰둬야 할 물건도 있어요. 당장은 골고루 마련할 수 없겠지만 페트병에 든 물, 세끼 분량의 비상식량, 손전등, 비옷 정도는 모아서 배낭 하나에 넣어두세요. 살아남기 위한 최소한의 장비랍니다.

임대를 중개해준 부동산이나 관리사무소가 가까이 있다면 자주 들러 안면을 트는 것도 하나의 방법이에요. 이사 오고 얼마 지나지 않아 '덕분에 좋은 집을 구했어요. 고맙습니다'라며 찾아가서 인사를 하는 거지요. 여유가 좀 있으면 5,000원 정도의 비용을 들여 음료수나 과자를 들고 가는 것도 좋은 방법이에요. '예의 바른 사람이네'라고 좋은 인상을 남길 수 있고 이웃과의 갈등이나 집에 문제가 생겼을 때 상담하기가 쉬워진답니다. 이렇게 인연을 이어가다 보면 뜻하지 않게 도움을 받기도 하지요. 몇 번을 강조해도 부족하지 않을 말, 자립해 살아간다는 것은 더불어 살아가는 방법을 익히는 것이랍니다.

조심하며 살아도 사고가 나거나 재해를 당하기도 하지요. 그럴 때를 대비해 임대 계약과 동시에 손해보험에 가입하는 경우가 많을 겁니다. 화재에 대해서는 항목이 여러 가지이므로 막상 불이 나면 확인해서 담당자와 연락을 취하도록 합니다. 미성년자든 아니든 혼자 대응하려 하지 말고 꼭 부모님에게 연락하세요.

위층에 누수가 발생하거나 도난으로 인해 피해가 생기면 어떤 피해를 입었는지 알 수 있도록 현장을 보존해서 바로 관리사무소나 경찰에 연락하는 것이 중요합니다.

최근에는 자동차뿐 아니라 자전거 사고로 가해자가 되는 케이스가 증가하고 있는데요. 자동차보험은 꼬박꼬박 들어도 자전거보험은 가입하지 않는 사람이 많지요? 자전거로 통근이나 통학을 한다면 자전거보험에 가입하는 게 좋습니다. 1년에 몇만 원 정도니까 그렇게 부담은 되지 않을 거예요.

살다 보면 피해자나 가해자 어느 쪽 입장이라도 될 수 있지요. 발생한 일을 숨기거나 당사자끼리 해결하려 들지 마세요.

제삼자가 개입하도록 해 사건에 확실히 대처하는 편이 훨씬 원만하게 해결된답니다.

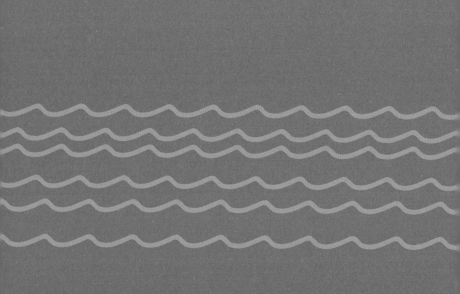

3장

매일의 습관이
인생을 결정한다

: 나의 리듬과 패턴 만들기

요령껏
살아가는 방법을 익힌다

하루하루를 어떻게 보내고 있나요?

그날그날 필요에 의해서 하는 일도 있고 마음이 내켜서 하는 일도 있을 거예요. 그런 나날이 거듭되다 보면 어느새 자기 나름대로의 생활 패턴이 생긴답니다. 생활 패턴을 형성하면 각자 자신에게 맞는 생활을 꾸려나가는 방법을 찾을 수 있습니다.

아침에 일어나는 시간, 아침에 해야 할 일, 나가는 시간, 식사하는 시간, 장보는 시기, 자기 전에 할 일이 있겠지요. 주간 단위로 보면 월요일에 할 일, 일주일에 한 번은 꼭 해야 할 일,

휴일에 할 일로 나눌 수 있고요. 그런 식으로 패턴이 생기게 되면 지금까지의 패턴을 계속 이어나갈지 조금 수정해야 할지를 생각해봅니다.

그동안 미처 알지 못했던 자신의 기호나 버릇을 발견할 수 있어요. '요리가 재밌는데', '다림질을 하니까 차분해져', '밤에는 형광등은 끄고 따뜻한 색감의 작은 조명 정도만 켜두는 게 마음에 좋아' 같이 세세한 부분까지 포함해서 생활 패턴을 생각해보게 된답니다.

새로운 동네로 이사를 갔다면, 3주 정도만 지내보면 살고 있는 동네에 대해서도 조금씩 알게 될 겁니다. 지금껏 살던 동네와 달라서 행동 패턴이 바뀌어야 할 부분도 있을 테고요.

근처에 맛있는 빵집이나 신선한 채소가게 등 단골이 되고 싶은 가게가 있는지, 마트나 편의점이 있는지, 응급진료를 하는 병원이 있는지, 깔끔한 빨래방과 세탁소가 있는지 작은 탐험가의 마음으로 새로운 동네를 산책하며 알아갑니다. 살고 있는 동네에 최적인 생활 방법을 찾기 위해 조금은 적극적으로 행동해도 좋겠지요.

생활 패턴에 맞춰 조금 더 멀리 내다보는 행동이 필요하지요. 여태껏 바빠서 이웃에게 아직 인사를 못했다거나 이사할 때 가지고 온 책장을 아직도 조립하지 못했다는 등 미뤄둔 일이 있으면 용기를 내어 조금씩 시작해보세요.

요리와 세탁, 청소 등의 집안일도 익숙해져서 이제 생활은 일상적인 루틴으로 돌아가겠지요. 살아가는 데 필수적인 것들을 몸에 익혔다면 이제 생활 방식을 한 번 돌아보면 좋습니다.

익숙해지면 사람이 '얼마나 게을러질 수 있는지' 한계에 도전하기 시작할 텐데요. 처음에는 청소도 열심히 하고 정리도 잘 했는데 그렇게까지 할 필요는 없을 것 같지 않나요? 소홀히 한다는 느낌이 들면 게으름의 결과를 객관적으로 볼 필요가 있어요.

거울을 보면 마음 상태가 해이해졌는지 건강관리는 제대로 하고 있는 건지 대체로 알 수 있답니다. 게으름을 피우게 되면 옷매무새가 후줄근하거나 가방이 깨끗하지 못하고 구겨져 있다거나 하며 집이 더러워서 청결하지 않다는 게 금방 겉으로 드러나거든요.

자신의 모습을 거울에 비춰보거나 집을 둘러봐서 '이래서는 안 되겠다'는 자각이 들면 초심으로 돌아가 생활을 되찾아주세요.

처음부터 이상적인 생활을 하기란 대단히 어려운 일이지

요. '이렇게 살아선 안 되겠어', '다시 열심히 해야지'를 반복하다 보면 점점 요령껏 처리할 수 있게 됩니다.

누구나 그래요. 생활이란 나의 요령을 찾아나가는 것이 아닐까요.

하루를 살아낼 나에게
건강한 음식을 제공한다
_식생활에 관하여

먹는 일에 대해 어떻게 생각하나요?

단순히 고픈 배를 채우기 위한 행위로 생각하고 있나요? 먹는다는 건 자기관리의 가장 기본적인 시작이라고 할 수 있습니다.

아침밥은 챙겨먹는 편인가요? 늦잠 자는 바람에 아침밥은 못 챙겨먹기 일쑤고 밤늦게까지 술을 마시거나 과자를 먹진 않나요? 그런 밤을 보내고 나면 자연스럽게 아침에는 식욕이 없어지곤 하지요.

밥이고 빵이고 먹을 거라곤 없는 생활을 보내고 있다면, 먹는다는 것의 기본에 관해 생각해봐야 할 때입니다.

식사에 대한 확고한 의식을 가진다

사회생활을 하다 보면 아침밥은 거르기 쉽지요. 학교식당이나 회사식당에서 먹는 점심이 하루의 유일한 영양원이라면 몸 상태는 금방 나빠집니다.

아침밥을 챙겨먹지 않는다면 우선 아침식사를 고려한 생활 패턴으로 살아보면 어떨까요? 아침에 5분 일찍 일어나서 수프라도 먹는 거지요. 밤 10시 이후에는 술을 마시거나 야식을 먹지 않고요. 전날 집에 가는 길에 아침식사용 빵을 사두는 것도 좋은 방법이랍니다. 아니면 저녁 메뉴를 조금 남겨 두었다가 다음날 아침에 먹는 것도 괜찮아요.

외식은 어느 정도 하나요? 직종이나 대학 전공에 따라 바쁜 정도도 다를 테고 밤샘 실험으로 집에 못 가는 등 여러 사정이 있겠지요. 요즘은 하루에 한 번도 집에서 밥을 먹지 않고 저녁도 대부분 외식으로 해결하는 사람이 정말 많은 것 같아요. 제대로 된 외식은 돈이 많이 든다는 사실은 이미 실감했겠지요. 안정적인 수입이 있는 사회인이라면 모르겠지만, 학생이라면 외식비는 상당한 부담이 될 겁니다. 간편하고 싸다고 해서 라면이나 김밥 같은 분식으로만 저녁을 때우면 영양 불균형이 생길 수 있어요.

식사에 대한 확고한 의식을 가지고 자기관리를 할 수 있어야 어른이라 할 수 있답니다. 내 몸이 섭취하는 음식을 관리한다는 건 자기관리의 가장 기본적인 시작입니다. 바쁘다 보니 외식으로 간편하게 해결한다는 생각을 버리고 일주일에 두 번은 집에서 먹거나 주말 저녁은 제대로 만들어보는 식으로 생각을 조금만 바꿔보면 어떨까요?

구매 패턴을 만든다

장보기는 효율적으로 하고 있나요? 매일 장보러 갈 수는 없으니 먹는 양을 알게 되면 일주일 치를 한 번에 사는 방법도 있어요. 필요할 때마다 편리하다는 이유로 집 근처 편의점을 이용하게 되면 식재료비가 조금씩 조금씩 쌓여 정신을 차리고 보면 어마어마하게 많은 비용이 되어 있습니다. 가랑비에 옷

젖는 줄 모르는 것처럼요.

주말은 대형마트에 가서 생필품을 사고, 일찍 끝나는 수요일은 장보는 날로 하는 등 요일을 정해두면 편리하답니다. 어느 정도 지나면 필요한 식재료 양도 알게 될 테고 동네 마트의 세일 정보도 얻게 되겠지요. 자신의 생활에 맞는 구매 패턴을 만들어가는 게 중요합니다.

냉장고에 넣어둔 식재료는 쉬거나 썩지는 않았나요? 유사시에 필요한 식재료들은 잘 쓰고 있나요? 사기는 했는데 바빠서 요리할 시간은 없고 달걀과 채소는 상했는가 하면 우유는 걸핏하면 모자라 밤중에 편의점으로 달려가기 일쑤인데다 마요네즈는 필요하다 싶으면 빈 통이지는 않나요? 너무 많이 사버리거나 더 자주 사야 하는 식품이 무엇인지 3개월 동안 체크하면서 살아보세요. 주기적으로 사야 할 식재료를 미리 사둘 수 있고 썩어서 버리는 일도 줄일 수 있답니다.

내 몸에 들어가는 음식은 내가 관리한다

아침식사는 초콜릿이나 쿠키, 단 빵으로, 저녁식사는 과자나 건강보조식품으로 대신하지는 않나요? 자기 직전에 아이스크림이나 맥주 같은 차가운 음식을 먹고, 비타민은 주스나 건강기능식품으로 섭취하는 게 전부이지는 않나요?

이러한 생활을 계속 하다 보면 반년 안에 비만이 되든지 영양실조에 걸리게 됩니다. 외모뿐 아니라 체온이 낮아지고 혈액순환이 나빠져 건강상의 문제가 생길 수도 있어요.

피부가 푸석해지거나 손발이 찬 사람은 특히 주의가 필요합니다. 설탕과 지방은 습관성이 되는데요. '초코홀릭'이라는 말이 있을 정도로 단 음식을 매일 먹지 않으면 안정이 되지 않는 사람도 있어요. 설탕이나 지방에 길들여진 몸을 이제 스스로 챙겨야 해요.

젊을 때는 건강에 크게 신경 쓰지 않아도 영향이 별로 없을 수도 있지만 나이가 들면 몸에 바로 나타난답니다. 자신도 모르는 새 점차 몸의 면역력이 떨어지고 뼈가 약해지고 소화기관이 부실해질 수 있어요. 한창 일하는 40대가 되었을 때 부실해진 몸을 다시 추스르기란 정말 힘든 일입니다.

당장 고픈 배를 채우기 위한 식사에서 거리를 둬보세요. 식사에 대한 확고한 의식을 가지면 내 몸을 대하는 나의 태도와 방식도 달라진답니다.

정리되지 않은 물건이
내 하루를 망치지 않도록

_청소에 관하여

집의 가운데 서서 집안을 한번 둘러봅니다. 그런대로 깔끔했던 집이 어느새 필요 없는 물건들을 가득 품고 있지는 않은지 생각해봅니다.

그런 물건들로 인해 지저분해지거나 조금씩 먼지가 쌓이지는 않은지도 살펴보고요. 며칠간은 깨끗이 유지되다가 조금만 시간이 지나면 관리되지 않은 상태로 되돌아가고 있지는 않나요? 관리와 청소가 생활의 일부로 익숙해지지 않아서 그렇답니다.

쓰고 나면 바로 치우는 습관

청소는 기본적으로 일주일에 한 번 하고 수시로 작은 청소를 하는 것이 좋습니다. 이 방법이 익숙해지기 시작했다면, 이제는 작은 청소를 생활의 일부로 만들어 무의식적인 습관이 되도록 합니다. 요리하다 기름이 튀면 바로 행주로 닦는 식이지요. 이렇게 의식하지 않고 할 수 있게 되면 거의 다 왔어요. 일요일 아침 식사 전에 무심코 청소기를 돌리게 된다면 완벽해지겠지요.

주방은 다른 사람에게 보여줘도 될 만큼 깨끗한가요? 반짝반짝하게 닦을 필요까지는 없어요. 싱크대에 항상 설거지감이 쌓여 있거나 배수구에 가득 찬 음식물 쓰레기 때문에 냄새가 나지는 않나요? 기름이 묻은 프라이팬이 그대로 가스레인지 위에 올려져 있지는 않나요?

그 지경에 이르렀다면 그렇게 만든 습관이 무엇인지 생각해 보세요.

식사가 끝나자마자 설거지를 하면 간단한데도 '자기 전에 해야지' 하고는 그대로 둬버리지요. 다음 식사 때면 습관적으로 설거지통에 담긴 그릇을 씻어서 사용하게 되고 그 바람에

싱크대에는 언제나 설거지거리가 쌓여 있고요. 음식물 쓰레기를 수시로 버릴 수 있기도 하지만 지역이나 사는 곳에 따라 음식물 쓰레기 수거날이 정해져 있기도 합니다. 때문에 쓰레기를 버리는 날 외에는 싱크대에 늘 음식물 쓰레기가 있게 되지요. 어쩌면 여러분의 나쁜 습관은 자연히 생겨나는지도 모르겠네요. 음식물 쓰레기 주변에 날벌레가 날아다니기 시작했다면 쓰레기를 모아두는 습관에 대해 다시 생각해봐야 합니다.

이 상태가 계속되면 굳어져 몸에 배게 됩니다. 늦기 전에 어떻게 할지, 무엇을 할 수 있을지 생각해 보세요.

지금 욕실 상태가 어떤지 둘러봅니다. 변기에 때가 끼고 암모니아 냄새가 나거나 욕실 구석에 물때 자국, 검은 곰팡이, 붉은 곰팡이가 생겼다면 꽤나 게으름을 피웠다는 이야기가 되겠지요. 욕실도 되도록 일주일에 한 번은 체크하는 게 좋지요. 일주일에 한 번 청소하기가 힘들다면 적어도 2주일에 한 번은 브러시로 욕실 바닥 닦기를 생활의 루틴으로 만들어보세요.

마음에 드는 청소용품을 사는 것도 습관을 만드는 방법이랍니다. 욕실 청소가 힘들다면 청소를 쉽게 해줄 브러시를 사고요. 상쾌한 향을 좋아한다면 변기용 세제를 민트 계열로 변화를 주어서 조금이라도 쾌적한 느낌이 들도록 하는 것도 청소를 패턴화 하는 요령이에요. 취향대로 갖춘 후 스스로 자연스럽게 움직일 수 있도록 환경을 만드는 거지요. 욕조나 변기가 더러워지면 생활 전체가 깔끔하지 못하게 됩니다.

테이블 위에는 지금 할 것만

식사를 하거나 디저트를 먹는 테이블에서 노트북 사용이나 서류 작업까지 함께하는 경우가 많지요. 그런 경우 사용하기 전과 후에 매번 닦을 정도로 더욱 신경을 써야 합니다.

그러지 않으면 테이블에서 작업한 서류에 음식물 찌꺼기가 묻은 것도 모른 채 가방 속에 서류를 넣어 가방이 엉망이 되거나 미팅 때 음식물이 묻은 서류뭉치를 꺼내 상당히 민망한 상황이 될 수도 있어요. 음식물이 잔뜩 묻은 서류를 꺼낸 사람에게 신뢰감이 떨어지는 건 당연하다 할 수 있지요.

용도가 다양한 테이블에서는 지금 할 것만 두고 사용하는 것이 몰입에도 좋고 상쾌한 기분에도 좋습니다. 밥 먹을 때는 음식과 식사 용기를, 일을 할 때는 일을 할 노트북과 서류를 두는 식이지요.

컵 자국이 생겼거나 끈적끈적한 상태, 혹은 가루가 여기저기 떨어져 있는 테이블에서 식사나 일을 예사로 하는 사람이 되면 곤란합니다. 의외로 테이블 위는 아무것도 하지 않아도 먼지가 쌓이고 쉽게 더러워진답니다.

식탁을 꼼꼼하게 닦고 나서 밥그릇이나 요리 접시를 놓아 먹으면 훨씬 맛이 좋고 기분도 상쾌하지요. 식탁 위를 닦는 행주를 준비하세요. 낡은 타월 손수건이나 균일가점에서 파는 행주도 무방하지만 테이블 전용이 있으면 더 좋겠지요. 식탁 전용 행주는 사용하고 나면 그날 씻어 물기를 말리는 습관을 들이면 좋습니다. 그렇지 않으면 눈에 보이지 않는 세균이 행주에서 순식간에 번식해 테이블 위에도 묻고 입에도 들어가는 일이 생기기 쉬워요.

공기가 잘 통하는 집

집에 들어섰을 때 집안 공기가 답답하다고 느낀 적은 없나요?

문을 계속 닫아두면 아무리 청소해도 집안 공기는 상쾌해지지 않습니다. 하루에 10분, 주말에는 한 시간 이상 창문을 열어 집안에 바람이 통하게 해주세요. 집 전체에 바깥 공기가 한 번 훅하고 지나간다는 느낌이 들도록 해주세요.

맑고 건조한 날은 환기하기에 최적이지요. 이런 날은 벽장이나 옷장, 신발장의 문도 활짝 열어 바람을 통하게 하고요. 화장실 문도 열어 환기를 시키며 눅눅한 공기가 고여 있지 않도록 합니다. 환기만으로도 좋지 않은 냄새의 원인을 제거하고 곰팡이가 생기는 걸 방지할 수 있거든요.

과거에 대한 집착을 버리고
오늘에 집중하는 일

_정리 습관에 관하여

정리라는 말을 들으면 어떤가요?

깔끔하게 정리 정돈된 방, 깨끗한 책상, 그런 이미지가 떠오르나요? 솔직히 말하면 '어차피 누구한테 보여줄 것도 아닌데 뭘'이라는 생각도 들지요? 정리의 기본에 대해 생각해봅니다.

정리의 기본

정리의 기본은 자신이 사용하는 물건을 '꺼냈으면 제자리에'

두는 것이에요. 우선 어디에 둘지, 위치를 대충 정해놓아야 한답니다. 다 쓴 후 제자리에 갖다 두면 어질러지지 않기는 하는데, 순식간에 늘어난 물건 때문에 둘 자리가 없어져 좀처럼 정리가 되지 않곤 하지요.

청소는 일주일에 한 번 하는 걸로 충분하지만 정리는 그때그때 해야 해요. 새로 생긴 물건은 되도록 제자리를 정해 꺼냈으면 다시 갖다 두는 습관을 기르고요. 그러면 모아서 정리하는 집안일을 할 필요가 없게 된답니다.

혼자 살다 보면 앉은 자리 반경 1미터 이내에 물건이 쌓이기 쉬운데요. 가족이 있으면 하지 못하는, 혼자 사는 묘미이기는 하지만 그 편함에 익숙해지면 깔끔하지 못한 사람이 되지요. 앉은 자리 근처에 사용하는 물건을 두고 싶다면 바퀴 달린 선반이나 커다란 바구니에 다 넣어두는 방법도 한 번 생각해보세요. 바닥에 그대로 놔두면 야금야금 바닥을 잠식해 결국엔 청소할 마음도 생기지 않게 될 거예요.

물건의 위치를 정하고 쓴 후에는 제자리에 갖다 두는데도 집안 정리는 생각보다 잘 되지 않지요. '지금 치우는 게 낫겠지만 나중에 하지 뭐'라는 생각을 늘 갖고 있기 때문인데요. 뒤죽박죽 생활에서 벗어나고 싶다면 정리하는 시간을 갖는 습관을 들여 보세요.

'아침에 나가기 전에 하는 정리'가 이상적이지만 아침은 바쁠 테니 '자기 전에 정리'하는 편이 지속하기 쉬울 거예요. 자기 전에 정리하는 습관이 몸에 배면 하루를 마무리하는 상쾌한 기분을 느낄 수 있습니다.

처음에는 무조건 자기 전에 '테이블 위의 빈 머그컵은 바로 싱크대 개수대에 둔다', '벗은 옷만이라도 빨래바구니에 넣는다' 등 작은 실천부터라도 도전해보세요. 그러다 보면 적어도 집안이 엉망진창으로 되지는 않을 겁니다.

물건의 위치를 재점검한다

집안을 한 번 둘러볼까요? 처음보다 물건이 더 많아지지는 않았나요? 물건들의 위치가 정해지지 않고 아직 마룻바닥 위에 방치되어 있지는 않나요? 과자 두는 곳, 가방 두는 곳, 신발 넣는 곳, 여분 세제 두는 곳이 뒤죽박죽되지는 않았나요? 대충 던져두면 쓰기 불편할뿐더러 찾는 데 시간을 허비하게 되고 집안 여기저기에서 과자 부스러기가 밟히게 되지요.

정리는 '제자리에 두는 것'이 기본입니다. 물건마다 돌아가야 할 자리가 정해져 있지 않으면 정리는 요원하답니다. 물건이 어디에 있으면 생활하기 편할지 고민해 보세요. 물건의 위치만 정하면 '정리가 안 돼서 힘들어'라고 불평하는 일도 줄어들 거예요.

잡지나 책에 실린 깔끔하게 정리된 집을 목표로 할 필요는 없어요. 청소가 쉽고 쓸 물건을 바로 꺼낼 수 있는 '살기 편한 집'을 목표로 하면 된답니다.

이사한 지 시간이 꽤 흘러도 이삿짐상자 속에 물건이 방치되어 있는 일도 많습니다. '그러고 보니 이 상자 아직 풀지도 않았어!' 이런 상자가 하나라도 있다면 어서 열어서 물건을 제자리에 두고 빈 상자는 정리합니다.

애당초 필요 없는 물건이어서 상자 속에 방치되어 있다는 걸 깨닫지 못했는지도 모릅니다. 내용물을 확인했더니 사실상 필요 없는 물건이었다면 내용물까지 몽땅 정리합니다. 이사하기 전에는 필요할 것 같아서 짐을 쌌지만 막상 살아보니 필요 없는 경우도 많거든요. 한정된 공간일수록 불필요한 물건은 꼭 정리하세요.

이사 올 때 썼던 상자뿐 아니라 쇼핑백, 더 이상 보지 않는

잡지나 서류, 빈 과자통 등 집안의 풍경처럼 되어버린 '쓰레기'가 없는지도 둘러보고요.

생활은 쓰레기와의 전쟁입니다. 쓰레기를 버리는 게 습관이 되었는지 확인해보지 않으면 집안은 더욱 쓰레기로 넘쳐나게 될 거예요.

쓰레기를 버리는 날 아침에 자연스럽게 쓰레기봉투를 한 손에 들고 '버릴 게 없을까' 하며 집안을 둘러보는 버릇이 생긴다면 여러분의 생활은 문제없이 잘 되고 있는 거랍니다.

처음부터 이상적인 생활을 하기란
대단히 어려운 일입니다.
누구나 그래요.
생활이란 나의 요령을 찾아나가는 일이 아닐까요.

오늘의 얼룩을 털어내고
말끔한 내일을 맞이하는 일

_옷차림에 관하여

살다 보면 집안일을 하면서 깨닫게 되는 일도 많습니다. 청소나 정리를 하는 일은 생활을 갈고닦는 아주 중요한 일과이지요. 나의 몸에 하루 종일 걸쳐 있던 옷을 세탁하는 일도 그중 하나입니다. 몸가짐의 기본이지요.

누구나 각자의 체취를 품고 있다

입었던 옷을 의자 위에 쌓아두거나 방치하면 옷에 쿰쿰한 냄새가 뱁니다. 외출하기 전에 코를 대보고 '괜찮은 것 같은데' 하며 입었을지 몰라도 생활의 냄새가 이미 나에게는 익숙해져서 느껴지지 않는 것뿐이랍니다.

매일은 힘들더라도 일주일에 두 번은 입었던 옷을 세탁하는 것이 좋습니다. 그마저도 어렵다면 주말에 셀프빨래방에서 한꺼번에 세탁하는 방법도 좋지요. 지금은 빨래를 어떤 식으로 하고 있나요?

세탁물이 적다고 방치하며 모아두기 일쑤고 모아둔 빨랫감에서 악취가 나기 시작하면 잡균이나 곰팡이의 원인이 되지요.

입을 옷이 없어서 외출하기 직전에 허둥대거나, 그날 신을 양말을 그날 아침에 세탁해 허둥지둥 말린다거나, 집안에 냄새를 풍기는 빨랫감이 방치되어 있지 않을 만큼 자기 나름의 세탁 패턴이 생겼다면 잘 하고 있는 겁니다. 빨래하다 궁금한 점이 생기기도 했을 거예요.

흰 셔츠나 흰 수건을 보면 빨래를 제대로 했는지 알 수 있어요. 소맷단이나 옷깃의 때가 그대로 남아 있거나 전체적으로 연하게 물이 들었다면, 유감스럽지만 세탁하는 과정에 문제가 있다고 봐야 해요.

세제양이 적당하지 않거나 헹구는 시간이 짧으면 세탁 방법에 문제가 있을 수도 있고요. 흰 옷이나 흰 수건을 색깔 옷과 함께 빨아서 물이 들 수도 있어요. 흰 옷이 누렇게 되었다면 더러워졌을 때 바로 빨지 않아서 땀 얼룩이 남아 있을 수도 있지요. 황변은 땀과 피지가 원인이므로 흰 옷을 좋아해서 자주 입는다면 귀찮더라도 흰 옷만 따로 세탁하는 식의 방법을 찾아보세요.

매일 양복을 입어야 하는 회사원이라면 와이셔츠 빨래가 가장 큰 문제일 텐데요. 와이셔츠는 더러워지지 않아도 원칙적으로 매일 갈아입어야 해요. 지금쯤이면 와이셔츠가 몇 장 필요한지 대략 파악되었겠지요?

3일에 한 번 세탁하는 경우, 세탁 후 다림질이 필요 없는 형상기억 와이셔츠는 3장이면 충분하고요. 다림질이 필요한 셔츠를 다림질이 귀찮아서 일주일 치를 모아 세탁한다면 5장은 마련해야 한답니다. 가지고 있는 셔츠가 몇 장인지 확인해서 부족하면 사두세요.

앞서 말했던 땀 얼룩을 남기지 않기 위해서도 되도록 일주일 이상은 모아두지 않도록 합니다. 특히 흰 와이셔츠는 목덜미나 소매 부분이 땀 얼룩으로 변색되기 쉽답니다. 와이셔츠는 비교적 튼튼한 소재로 되어 있어서 바로 세탁하지 않아도 세탁할 때 옷깃이나 소맷단에 전용 세제를 바르고 표백제를 넣는 방법으로 누렇게 되는 것을 방지할 수 있어요. 모아서 빨 때는 되도록 다른 빨래와 분리해 따로 세탁하는 게 좋고요.

도저히 빨래할 시간도 없고 귀찮다면 세탁소를 이용하는 것도 방법인데요. 청결한 모습으로 출근하는 것은 돈으로 바꿀 수 없는 가치가 있지요. 돈이 아깝다 싶으면 좀 더 부지런하게 움직일 필요가 있지요. 자신에게 맞는 세탁 패턴으로 바꾸는 노력이 필요하답니다.

은은한 향기를 머금은 사람

옷이나 수건, 손수건의 냄새를 맡아보세요. 햇볕을 흠뻑 쬐어 보송보송한 냄새가 나면 기분이 상쾌하지요. 좋아하는 세제나 섬유유연제는 은은하고 기분 좋은 향인가요? '속옷에서 희미하게 곰팡내 같은 게 나는데', '수건으로 얼굴을 닦으면 쉰 냄새가 훅 들어와' 같은 경험이 있으면 세탁 주기가 잘못 됐든지 세탁 방법 자체에 문제가 있는 거랍니다.

세탁 빈도에 대해서는 앞에서 언급을 했으니 이번에는 세탁 방법에 대해 살펴볼게요. 우선 사용하고 있는 세탁기의 상태는 괜찮나요? 새로 산 세탁기라면 짧은 기간 안에 더러워질 리 없지만, 중고라면 세탁기에 문제가 있을 수도 있어요.

사실 세탁기는 꽤나 더럽답니다. 겉으로 볼 때 깨끗해 보인다고 방심해서는 안 돼요. 세탁조 클리너로 정기적으로 곰팡이를 제거하고 세탁 후 뚜껑을 열고 말리지 않으면 금세 곰팡이 투성이가 돼요. 세탁조가 오염되면 세탁물 자체에도 잡균이 생기겠지요.

말리는 방법에는 문제가 없나요? 꼭 닫힌 집안에서 실내건조를 하면 특히나 덜 말라서 잡균 때문에 냄새가 나게 되지요. 실내건조 외에 방법이 없다면 조금이라도 햇볕이 잘 드는 장소나 바람이 잘 통하는 곳에서 말려주세요.(커튼레일은 절대 안 돼요!) 장마로 습기가 많을 때는 셀프빨래방의 건조기를 이용하는 게 좋답니다.

타월이불이나 침대 패드 같은 대형 침구류도 세탁이 필요하다는 사실을 알고 있나요? 이렇게 큰 빨랫감은 집에 있는 세탁기로는 용량이 작아 세탁이 안 될 수도 있어요. 말릴 장소도 제한적인데다 다 마르는 데도 시간이 걸리는 골칫덩어리지요.

가급적 쉬는 날 볕에 말려 청결하게 관리하면 그렇게 자주 세탁할 필요는 없지만, 천식이나 알레르기가 있다면 한 달에 한 번은 셀프빨래방에서 세탁해야 하고요. 그렇지 않은 사람도 환절기에는 빠뜨리지 말고 꼭 세탁해야 한답니다. 요즘 셀프빨래방에는 이불을 통째로 세탁할 수 있는 최신식 기계도 있어요. 셀프빨래방 비용을 따로 떼어두고 정기적으로 이용하면 언제나 쾌적한 생활을 할 수 있을 거예요.

후줄근한 사람으로 평가받지 않도록

옷이나 소지품은 세탁 외에도 손질이 필요한 경우가 있지요. 일상생활에서 할 수 있는 손질에 대해 이야기해 볼까요. 사회인뿐 아니라 학생도 입학식이나 특별한 날을 위해 정장 한 벌씩은 갖고 있을 텐데요. 왠지 그 정장이 낡은 느낌이 들지는 않나요?

정장 같이 형태가 잡혀 있는 옷은 손질을 해두지 않으면 바로 낡은 느낌이 들기 때문에 주의가 필요해요. 손질이 잘 된 정장은 몇 년을 입어도 언제나 새 옷 같은 느낌이 들지요. 손질이 제대로 되지 않은 옷은 후줄근해 보여서 사람을 만나는 일을 한다면 상대방의 평가에도 영향을 주니까 특히 손질에 신경을 써주세요.

우선 정장 재킷은 집에 오면 옷걸이에 걸어 바람이 잘 통하는 곳에 둡니다. 비에 젖었다면 반드시 깨끗한 수건으로 물기를 닦아내고요. 바지나 스커트의 주름이 흐트러지면 자신보다 주변 사람들이 먼저 발견하게 되는데요. 주름이 틀어지지 않도록 잘 잡아서 걸어두는 습관을 들이세요.

일주일에 한 번은 솔질을 해서 먼지나 더러움을 떨어내는 게 좋아요. 소맷단에 찌든 때나 식사하면서 흘린 얼룩을 발견하면 젖은 천으로 살살 닦아내세요. 오염물은 그때그때 지우면 얼룩이 남지 않는답니다. 도저히 지워지지 않는 오염이라면 세탁소에 얼룩제거를 맡겨야겠지요.

가죽 제품을 쓸 만한 어른이 된다는 것

값비싼 돈을 주고 구입한 물건에는 그만큼의 관리도 필요합니다.

매일 같이 사용하는 가죽제품은 손질을 하지 않으면 한 시즌밖에 쓸 수 없어요. 마음에 드는 가죽 제품을 손에 넣었다고 하더라도 방심하고 관리를 해주지 않으면 고작 한 철 멋지게 쓰고 맙니다. 가죽제품은 관리를 잘하면 멋진 액세서리가 될 수 있지만 자칫 잘못했다간 큰돈만 써야 할 수도 있어요.

손질을 못 한다면 아직 가죽제품을 쓸 만한 어른이 되지 않았다는 의미니까 당분간은 합성피혁이나 비닐같이 손질이 필요 없는 제품을 사는 게 좋겠지요.

구두도 손질이 필요한 품목 중 하나예요. 더러워지거나 광택이 없어졌다 싶으면 손질을 합니다. 비에 젖은 뒤에는 특히 손질이 중요한데요. 표면을 닦고 신문지를 안에 넣어 그늘진 곳에서 말린 후 구두약을 발라둡니다. 가죽 가방이나 핸드백도 같은 방법으로 손질하면 된답니다.

처음 조금 신경 쓰는 편이 낫지요

생활이 익숙해지면 손수 밥을 하기도 하고 커피를 내려 마시기도 할 텐데요. 평소에 사용하는 유리컵이나 찻잔을 한 번 살

151

펴볼까요? 유리컵의 투명감이 사라져 뿌옇지는 않나요? 식기가 미끄덩거리고 끈적끈적하지는 않나요?

세척과 헹굼을 제대로 하지 않으면 식기 표면에 엷게 얼룩이 생깁니다. 설거지를 꼼꼼히 한다고 하지만 이미 기름때로 더러워진 수세미로는 아무리 씻어도 깨끗해지지 않지요. 친구가 놀러 와서 '이런 접시에 먹으려니 찜찜한데'라는 느낌을 받는다면 초대한 친구에 대한 예의도 아니겠지요. 아무리 맛있는 음식을 해도 지저분한 접시에 옮기는 순간 맛도 멋도 떨어지고 말아요.

우선 수세미를 깨끗하게 씻은 후 주방세제를 묻혀 거품을 풍부하게 내면서 식기를 문지릅니다. 컵 안쪽과 접시 뒷면에는 물때나 기름기가 끼기 쉬우므로 꼼꼼히 닦아주세요. 수세미는 설거지가 끝나면 유분이 남지 않도록 잘 헹군 후 물기를 꽉 짜서 두고요.

카레같이 색깔이 진한 음식이나 고기지방같이 기름이 많은 음식을 먹고 난 뒤에는 그릇에 남아 있는 잔여물에 유의해야 한답니다. 다른 그릇과 섞이지 않도록 분리해서 키친타월로 기름을 닦아내거나 뜨거운 물로 불려서 씻어내는 것도 방법이지요. 그러지 않으면 함께 씻은 다른 그릇까지 미끌미끌한 기름이 덕지덕지 붙게 마련입니다.

두 번 손이 가는 번거로움보다는 처음 조금 신경을 쓰는 편
이 낫지요.

시간은 남을 위해 쓰는 가운데
자연스럽게 생겨난다
_시간 관리에 관하여

자기만의 생활 리듬을 가지고 있나요?

　누구나 자유롭게 살면 점점 시간을 미루게 되는 모양입니다. 신기하게도 반대로 앞당기게 된다는 이야기는 들어본 적이 없네요. 아슬아슬하게 겨우 일어나서 아침밥도 못 먹고 헐레벌떡 뛰어나가거나 스마트폰에 정신이 팔려 늦게 잔다면 지금이 바로 생활 리듬을 정비할 기회입니다.

　'나만의 시간'이라는 말을 많이 하곤 하지요. 일이 많거나 아이가 생기면 자기만의 시간이 없어진다고 생각하지요? 시간은 사용하기 나름이랍니다.

시간은 스스로 관리하고 남을 위해 쓰는 가운데 자연스럽게 생겨나는 것이지요. 자유롭게 사는 때일수록 시간을 아무렇게나 쓰며 낭비해서는 안 됩니다. 당장은 해야 할 일보다 재미있는 일에 마음이 빼앗겨 즐거울 수 있다 해도, 결국에는 할 일을 미루게 되어서 생활은 늘 시간에 쫓기게 되지요.

빽빽한 스케줄을 만들어 빼놓지 않고 꼼꼼히 지켜야 한다는 게 아닙니다. 내 몸과 마음이 편안할 수 있도록 나의 일과 생활을 돌볼 수 있는 리듬을 만드는 게 중요하지요.

시간을 효율적으로 사용하기 위해 우선은 삐걱대지 않고 순탄하게 살 수 있는 생활 리듬을 만들고 지켜나가 볼까요?

여유롭게 아침을 맞이하는 법

아침에는 여유 있게 일어나는 편인가요? 나가기 전에 최소한 30분은 준비 시간이 필요하지요. 나이가 어릴수록 아침에 일어나기 힘든 게 당연할 수도 있지만 계속 일어나기 힘들다면 가뿐하게 일어날 수 있는 팁이 있어요.

아침 햇살이 들어오는 데서 자면 동이 트며 자연스럽게 주위가 밝아져서 저절로 눈이 떠지게 된답니다. 아침 햇살을 받으면 생체 리듬이 정비되어 저절로 깬다고 해요. 반대로 해가 떠도 어두운 방에서 아침인지 밤인지 모르는 생활을 하면 시간 감각이 없어지기 쉽지요.

시끄러운 알람소리가 이웃 간의 다툼으로 이어지는 경우도 많은데요. 스마트폰 알람이나 시계 알람 소리가 남에게 민폐가 될 만한 음량은 아닌지, 지나치게 반복적으로 크게 울리지는 않는지 신경 써야 한답니다. 한 층에 몇 가구가 모여 있는 집은 현관문 사이로 소리가 크게 새어나가 복도에 울린다든지, 벽 사이나 층간 방음에 취약한 건물일 경우에 소리가 이웃에게 피해가 될 수도 있어요.

잠자리에 드는 시간을 정해두면
우울감도 옅어진다

자는 시간은 정해져 있나요? 휴일 전날은 마음이 풀어져서 아무 때나 자기도 하지요. 평일은 자는 시간을 대체로 정해놓으면 좋은데요. 졸리지 않아도 정해진 시간에 잠자리에 드는 버릇을 들이면 몸이 저절로 졸리게 된답니다.

잠들기 직전까지 불을 켜놓고 있으면 그대로 잠이 들어버려 깊은 잠을 잘 수 없고, 자기 전에 스마트폰을 오래도록 하거나 컴퓨터 화면을 장시간 보면 뇌가 각성해서 얕은 잠을 자게 되지요.

일찌감치 불을 끄고 마음에 드는 작은 조명을 켜둔 후 어둠 속에서 좋아하는 음악이 나지막하게 흐르는 가운데 잠드는 식으로 자기 나름대로 느긋하게 잠들 수 있는 방법을 찾아보세요. 밤에는 시간을 여유롭게 보내며 머리와 마음을 쉬게 하는 게 좋아요.

작은 우울감은 일상을 살며 찾아오기 쉽지요. 마음이 헛헛하고 외롭고 우울할수록 늦게까지 잠들지 않고 있으면 우울감은 더욱 심해집니다. 우울증 치료를 받으러 가면 가장 먼저 정해진 시간에 되도록 일찍 잠자리에 드는 걸 추천하는 이유이기도 하지요. 잠자리에 드는 시간을 정해두고 지키면 우울감도 자연스럽게 옅어지는 경험을 할 수 있어요. 이것이 일상생활을 원활하게 하기 위한 기본이랍니다.

휴일에 빈둥거리고 싶다면
좋아하는 일을 떠올려본다

휴일에는 무엇을 하나요? 하루 종일 빈둥거리며 지내도 잘못은 아닌데요. 휴일마다 빈둥대기만 해서는 곤란하답니다.

휴일에 아무것도 하지 않고 누워서 빈둥대기만 하다가 월요일을 맞으면 피곤함이 더욱 심하게 느껴진답니다. 평일의 생활패턴으로 돌아가는 데 몸이 많은 에너지를 써야 하는 것이지요.

휴일은 평일에 하지 못했던 빨래와 청소를 하고 일주일 치 장보기를 하는 등 집을 전체적으로 가꾸고 정비하는 날로 정해두세요. 어차피 오전이면 충분하거든요.

휴일을 알차게 보낼수록 자신의 꿈에 가까이 다가갈 수 있습니다. 공부에 열중하거나 관심 있는 일을 아르바이트로 해도 좋고 좋아하는 취미에 몰두하기도 하고요. 뭐든 좋겠지요.

집에 틀어박혀 시간을 때우거나 피곤하다고 뒹굴뒹굴 텔레비전과 스마트폰을 보며 낮잠을 자면서 휴일을 보내면 몸이 쉰 것 같겠지만 그렇지 않답니다. 아무것도 하지 않고 빈둥빈둥 주말을 보내고 월요일을 맞으면 몸이 더욱 피곤해요. 평일의 리듬으로 돌아가려 몸이 더욱 애쓰기 때문이지요.

계획을 세우지 않아도 좋아요. 먼저 하고 싶은 일을 떠올려 보세요. 그리고 그 일을 가장 재미있게 할 수 있는 방법을 생각해보는 겁니다. 하고 싶은 일을 하다 보면 에너지를 얻게 되지요. 생활의 활력도 생기게 되고요.

아무리 좋아하는 일이라도 처음에는 조금 귀찮게 여겨질지도 몰라요. 자연스러운 과정이니 '나는 너무 귀찮아 하는 것 같아' 스스로를 탓하지 않아도 괜찮습니다. 하다 보면 자연스럽게 계획도 생겨나게 되겠지요.

내가 가장 편안할 수 있는 상태가
무엇인지 생각해봅니다.
우선은 삐걱대지 않고
순탄하게 살 수 있는 생활 리듬을 만들고
지켜 나가보는 것부터 시작해봅시다.

돈의 패턴을 정립한다
_쓸쓸이에 관하여

돈에는 흐름이 있습니다. 나에게 들어왔다 나가는 돈의 흐름을 파악하면 얼만큼 쓰고 얼만큼 남겨야 할지 패턴을 정립할 수 있지요.

매일 혹은 일주일 단위로 어디에 얼마나 돈이 필요한지, 한 달이면 얼마나 되는지 대충 돈의 흐름이 보이지 않나요? 지금까지는 수중의 돈을 전부 가지고 다니며 마구 쓰다가 나중에 허둥댄 적도 있을 텐데요. 앞으로도 그렇게 생활해서는 곤란합니다.

돈의 대략적인 흐름이 보이면 돈을 쓰는 방법에 대한 규칙과 모으는 방법에 대한 패턴을 정해봅니다. 아직 흐름을 발견하지 못했다면 지금까지 돈에 대해 아무런 생각 없이 살아왔다는 의미랍니다.

앞으로 결혼을 하거나 아이가 생기기도 하고 새로운 일에 도전하기도 하고 부동산을 사기도 하면서 몇 차례 인생의 전환점을 맞게 될 겁니다. 돈을 버는 방법과 쓰는 방법도 크게 바뀔 텐데요. 지금 돈 관리의 기본을 잘 익혀두면 그 변화를 슬기롭게 극복할 수 있답니다. 있는 만큼 쓰는 게 아니라 '얼마나 어떻게 쓸 것인가' 계산하고 관리할 줄 알아야 한답니다. 그 관리법을 지금 익혀볼까요.

돈 쓰는 스타일을 자각한다

돈을 은행에서 인출하는 경우 횟수와 금액을 미리 정해두면 좋습니다. 그러면 돈을 찾을 때 한 번에 얼마를 찾아서 며칠이나 지낼 수 있는지 패턴을 알게 된답니다. 한 번 찾을 때 10만 원을 인출해두면 일주일 생활비가 해결된다거나 아니면 20만 원이 필요하다거나, 학생이라면 '2만 원씩 찾아서 3일 동안 생활한다'는 식으로 정해두었겠지요?

돈의 사용법에 맞춘 인출 방법이 생겼다면 당분간은 그대로 해도 되지만 '늘 10만 원씩 찾았는데 며칠이나 갔더라?', '이상하네, 그저께 뽑았는데 벌써 지갑이 텅 비었어' 같은 상태가 아직도 계속된다면 대책이 필요합니다.

그런 사람은 간단히 몇 줄 정도 지출과 수입을 기록하는 일기장 같은 느낌으로 가계부를 써보세요. 너무 거창하게 쓸 필요 없답니다. 인출한 날짜와 금액, 대략 어디에 썼는지 간단히 기록하며 돈이 떨어진 날짜를 알 수 있도록 일단 한 달 동안 한 건도 빠짐없이 써보는 거예요.

처음부터 너무 잘 쓸 필요 없답니다. 낙서처럼 조악하게 써 내려 갈지도 모르겠네요. 쓰다 보면 요령이 생겨서 자신의 스타일을 찾아가게 될 거예요.

지갑에 돈이 있으면 씀씀이가 커져서 자기도 모르게 펑펑 써버리는 스타일이라면 필요할 때마다 필요한 금액을 찾도록 하고요. 지갑에는 적은 금액만 넣어 다니고 나머지는 집안의 안전한 곳에 보관해 두는 식으로 자기 나름대로 운용 방법을 찾아보세요. 우선은 자신의 돈 쓰는 스타일을 자각하는 것이 중요하답니다.

일단 조금씩 남겨 저축을 해본다

돈 쓰는 스타일을 좀 알게 됐다면 이번에는 있는 대로 돈을 다 쓰는 게 아니라 조금씩 남기는 방법을 고민해 볼까요.

'한 달에 얼마씩 모아야지'라고 정해버리면 저축이 도리어 생활을 압박하기도 할 거예요. 처음에는 되도록 낭비 없이 돈을 다 쓰지 않는 습관을 들여 '한 달에 얼마씩 남긴다'는 의식으로 생활해보는 겁니다.

돈이 들어오는 날이 되기 전에 우선 남아 있는 금액을 확인해보세요. '매월 최소한 이 정도는 남길 수 있다'고 파악되면 매월 모을 수 있는 금액이 정해집니다. 그 금액을 그대로 모으거나 생활비와는 별도의 계좌에 입금하면 적금 계획도 세울 수 있어요.

살다 보면 예측할 수 없는 일이 생기기도 하는데요. 그럴 때 도움이 되는 것은 역시 돈이지요. 만일의 경우를 대비한 돈이 조금이라도 있다면 매일매일 느끼는 안도감이 다르답니다.

줄줄 새나가는 사소한 지출을 줄이는 법

통장에서 돈을 찾을 때, 집에 오는 길에 있다는 이유로 수수료가 드는 편의점 기기에서 인출하거나 낮에 깜박하는 바람에 영업시간 외 수수료가 드는 이른 아침이나 밤에 돈을 찾지는 않나요? 앞서 말했다시피 수수료는 무시할 수 없는 금액이지요.

처음에는 조심하지만 생활에 익숙해지면 편하다는 이유로 그냥 이용하는 사람이 많은 것 같아요. 그런 사람은 더욱 계획적으로 수수료가 들지 않는 시간에 기기를 이용하도록 해야 합니다. 수도비나 전기세, 통신비를 계좌이체 할 때 잔고가 부족해서 이체되지 않고 나중에 청구서가 다시 날아와도 납부를 깜박한 경우는 없나요?

고지서를 받으면 테이블 위나 가방에 넣고서 '나중에 내야지' 생각하지 말고 손에 드는 대로 납부하도록 하는 습관을 들여보세요. '나중에 내야지' 생각만 하고는 지급일을 넘겨 연체료를 내야 하는 일이 반복되기 쉬워요. 자동이체를 해두면 얼마간 비용을 할인해주기도 하니 통장에서 저절로 빠져나가도록 하는 것도 방법이겠지요.

'티끌 모아 태산'이라는 속담처럼 사소한 경비라도 불필요한 비용을 계속 지불하게 되면 너무 아까운 일이지요. 이렇게 소소한 돈 관리가 되지 않는 사람은 장차 더 큰 돈을 낭비할 가능성도 높고요.

부자일수록 작은 돈을 지출하는 데도 민감하답니다. 사소한 돈도 관리를 잘하는 방법을 익히는 것은 인생의 큰 지혜 중 하나이지요.

나에게 들어오는 돈을 확실히 파악할 것

매월 고정적으로 들어오는 돈 외에 수익이 있을 겁니다. 하지만 부지불식간에 입금되는 바람에 통장을 확인했을 때 생각보다 잔고가 많다고 마냥 기뻐하는 사이에 씀씀이가 커져 있을 수 있어요. 어디에 썼는지도 모르게 바닥이 나버리게 되면 기껏 일한 보람이 사라지지지요.

열심히 일해 번 돈이므로 급여명세서는 꼼꼼하게 보도록 합니다. 나의 시간과 노력을 들여 정당히 받아야 할 대가를 지급받지 못할 때는 주저하지 말고 당당하게 요구할 줄도 알아야겠지요.

노동에 대한 대가를 받지 못했을 때 요구하는 건 부끄러워하거나 숨기거나 '이런 이야기를 해도 되나' 싶은 종류의 요구가 아니랍니다. 당연한 권리이지요.

일을 많이 해서 수입이 많은 달도 있을 거예요. 그런 달에는 그런대로 기분 좋게 쓰면서 따로 조금 저금을 해두는 정도면 좋지요. 너무 팍팍하게 생각하는 것보다 나중을 위해 마음의 여유를 가지는 게 지치지 않고 오래도록 일을 하는 데도 도움이 될 거예요.

돈 관리가 안 된다면 사용하지 말자

슬슬 신용카드를 만드는 사람도 많겠지요? 확실히 이제는 통신요금을 신용카드로 결제하는 경우도 많고 스무 살이 넘으면 신용카드 한 장 정도는 누구나 가지고 있는 시대지요.

신용카드는 기본적으로 '생활비에 쪼들리지 않는 사람이 쓰는 것'이랍니다. 수입이 일정하고 어느 정도의 저축이 있는 사람이 현금을 조금만 가지고 다니면서 일시불로 신용카드

결제를 하고 대부분 신용카드 포인트를 쌓는 등 현명하게 사용하지요. 그런 사람들은 신용카드로 결제해도 잔고부족으로 카드대금 납부를 못해서 쩔쩔매는 일도 없어요. 이렇게 신용카드를 사용한 대금을 따로 떼어놓고 대금결제일에 어김없이 납부할 수 있다면 신용카드를 써도 문제는 없습니다.

그러나 저축도 없고 수중의 현금도 없다면 갖고 싶은 물건이 있어도 신용카드를 쓰지 말고 돈을 모아서 사도록 합니다.

꼭 필요한 신발이나 공부에 당장 필요한 책같이 부득이하게 신용카드로라도 구입해야 하는 경우라면 반드시 일시불로 구입하도록 하세요. 일시불이 힘들 것 같으면 그 구매를 취소할 용기가 필요하답니다.

리볼빙 결제는 각별히 조심해야 합니다. 매월 일정 금액만 입금하면 돼서 확실히 편해 보일 수도 있지만 단지 대출기간의 연장에 불과해요. 그 기간 동안 대출금이 얼마나 되는지 모르게 되고 결국은 장기화 되어 이자가 눈덩이처럼 불어나게 되지요.

현금서비스도 위험하긴 마찬가지예요. 특히 필요한 경비인 집세나 수도비를 현금서비스로 납부하는 데 익숙해지면 빚이라는 감각이 무뎌져 돈이 떨어질 때마다 현금서비스를 받게 됩니다. 그 가운데에는 자신의 통장에서 돈을 찾는 느낌에서 헤어나지 못하는 사람도 있어요. 정신 차려보면 빚이 몇백만 원이나 되지요. 도저히 어쩔 수 없는 상황이면 현금서비스를 받기 전에 부모님께 먼저 상담하세요.

최근에는 스마트폰 게임으로 지출한 비용이 휴대폰 요금에 합산되어 나중에 봤더니 휴대폰 요금이 한 달에 몇십만 원이 됐다는 이야기도 심심찮게 들리는데요.

스마트폰 결제 기능으로 쇼핑을 하고는 감당하지 못하는 사람들도 많지요. 스마트폰 결제는 대체로 소액 결제인 경우가 많아서 야금야금 쓰다 보면 나중에 최종적으로 얼마나 지불해야 하는지 잘 가늠하기 힘들기도 하지요.

편리한 기능에는 함정도 있는 법입니다. 처음 보는 기능이거나 알지 못하는 수단일 경우에는 조심해서 나쁠 것이 전혀 없습니다.

'그냥 줘도 된다'고 생각할 때 돈을 빌려준다

새로운 환경에 적응하고 주변 친구나 동료와 친해지면 선뜻

169

돈 거래를 하곤 하지요. 식사를 하는 자리나 술자리에서 돈이 모자라 친구에게 단돈 1만 원을 빌렸더라도 다음날 바로 갚아야 해요. '아무 때나 갚아도 돼'라는 구두 약속을 서로 말 그대로 받아들이면 안 돼요.

도저히 갚을 수 없다면 며칠 안에 '다음 월급날에 갚을 테니 조금만 기다려 줘'라고 확실히 약속을 합니다. 돈 거래는 서로 확실히 이야기해야 합니다. 아무 말도 없이 가만히 있는 것은 가장 신뢰를 잃는 행동이지요.

갚을 때는 감사의 인사도 확실히 하고요. 그래도 갚지 못하는 경우에는 부모님에게 상담하는 게 좋아요. 신뢰 문제도 있지만 빌려준 상대방의 마음과 생활을 위해서도 반드시 갚아야 합니다.

빌려주는 입장에서 생각해 볼까요? 친구나 동료가 5,000원, 1만 원같이 적은 금액을 빌려달라고 하면 빌려주게 되지요. 그런 다음 갚지 않거나 갚으라고 한 번 재촉했는데도 갚지 않는다면 상대방은 셈이 흐린 사람입니다. 돈은 포기하고 다툼을 피하기 위해서라도 사람 사귀는 방법을 바꾸길 바라요.

적은 돈도 두 번 세 번 말을 해야 갚는 사람에게는 5만 원, 10만 원 정도의 돈을 빌려주고도 '그냥 줘도 된다'는 생각이 들 때만 빌려주도록 하세요. 그런 사람에게는 약속한 날까지 갚지 않으면 재촉해도 받기 어려울 테니까요. '준 거니까 괜찮아'라고 받아들일 수 있다면 빌려주도록 합니다.

돈 문제는 친구 관계와 동료와의 관계를 복잡하게 만드는 크나큰 원인이 되므로 되도록이면 하지 않는 게 제일이겠지요. 어쩔 수 없이 빌렸다면 바로 갚으면 좋고요.

내가 존중받고 싶은 만큼
상대방을 존중한다

_관계에 관하여

이사 오고 나서 좀 지나면 이웃사람들과도 얼굴을 익히게 될 겁니다. 이웃사람들과 제대로 인사를 나누었나요?

한 동네에서 살다 보면 이웃과의 교류에 대한 지역성이 보이기 시작하는데요.

서로 별로 관여하지 않는 동네, 쓰레기 배출 규칙이 엄격한 동네, 이웃 간의 관계가 끈끈한 동네, 거주민이 자주 바뀌는 동네 등 다양하지요. 우선은 살고 있는 동네가 어떤 동네인지 분위기를 파악해서 스스로 맞출 필요가 있어요.

'세간(世間)'이라는 말, 그리고 '인간(人間)'이라는 말이 있지요. 사람이 사는 세상살이, 사람 사이라는 의미도 품고 있는 말이지요. 사회에서 살아가는 데에는 내가 어떻게 하고 싶은 지 뿐 아니라 주변 사람이 나에게 무엇을 기대하는지 이해하 는 것도 중요하답니다.

'여기서 그렇게 오래 살지는 않을 거니까'라며 동네를 외면 하지 말고 그 동네와 연결되는 방법에 눈을 돌려보면 어떨까 요? 이웃사람들은 겉으로 표현하지 않는다고 해도 동네에 새 로 이사 온 사람이 어떻게 행동할지 궁금할 거예요. 이웃에 새 로 온 사람에게 어쩐지 관심이 가고 신경이 쓰이는 건 당연한 마음이겠지요. 무리하지 않는 적당한 범위에서 잠깐 생각해보 면 좋겠네요.

아직 옆집이나 위층, 아래층 사람에게 인사를 하지 않았다 면 지금이라도 늦지 않았으니 인사하러 가보는 겁니다. '집에 잘 없어서 인사가 늦었어요. 잘 부탁드려요'라는 인사 한 마디 면 되고요. 5,000원이나 1만 원 정도의 과자나 음료수를 들고 가면 상대방에게 좋은 인상을 심어줄 거예요.

아무래도 이웃에 어떤 사람이 사는지 알아두면 자신이 안 전하게 살아가는 데에도 도움이 된답니다. 인사하러 가서 얼 굴을 익혔다면 다음에 만날 때는 '안녕하세요!'라고 먼저 말을 걸어보세요. 이웃사람과 필요 이상으로 친해질 필요는 없지만 아무래도 아는 사이가 되면 어려울 때 한결 쉽게 도움을 요청할 수 있을 거예요.

인사를 하다 보면 아는 사이가 된다

이웃사람이 인사를 하면 쑥스러워하지 말고 같이 인사를 합니다. 앞집이나 옆집에서 나오거나 집 앞 청소를 한다면 보나마나 이웃이겠지요. 얼굴을 몰라도 '안녕하세요' 하다 보면 아는 사이가 된답니다.

인사를 하지 않는 동네라면 굳이 무리할 필요는 없지만 옆집사람과 딱 마주쳤을 때 정도는 '안녕하세요', '오늘 정말 덥네요' 같은 대화를 나눌 수 있으면 좋겠지요. 특히 쓰레기를 내놓을 때는 이웃사람과 만나게 되는 일도 많은데요. 그저 스쳐 지나가기보다 '안녕하세요'라고 말해보세요. 얼굴을 익혀두면 '근처에 괜찮은 치과 어디 없을까요'처럼 꼭 필요한 정보를 물어볼 수 있답니다.

근처에 있는 작은 가게를 이용해보려는 마음도 좋아요. 채소가게, 빵가게, 카페 등 작은 가게 주인은 동네 주민이 이용해주면 기뻐할 테니까요. '이번에 이 근처에 이사 왔어요'라고 이야기해보세요. 그렇게 아는 사람이 생기고 이웃사람의 범위가 조금씩 넓어진답니다.

최소한 이웃에게 피해가 가는 행동을 하지 않는 것도 중요하지요. 이웃사람들은 말은 하지 않아도 여러분이 쓰레기 배출을 어떻게 하는지 보고 있답니다. 아직 잘 모르겠다면 이웃사람들에게 쓰레기를 어떻게 내놓는지, 몇 시 정도에 내놓으면 되는지 한번 물어보세요.

물어볼 기회가 없다면 다른 사람이 어떻게 하는지 잘 지켜보는 것도 중요합니다. '잡지나 종이상자는 끈으로 단단히 묶어서 내놓는다', '페트병은 라벨을 제거하고 씻어서 버린다'같이 그 지역의 규칙이 있을 거예요. 그 지역에 해당하는 방법을 잘 숙지해두세요.

만약 쓰레기를 대충 내놓는 동네라면 어떻게 할까요? 그 분위기에 따를 필요 없이 혼자라도 지역의 정해진 수거 방법에 따라 내놓으면 된답니다. 당장은 소용없는 일처럼 느껴질지 몰라도 한 사람 한 사람의 행동이 모여서 동네의 분위기도 점차 바뀌어가는 것이지요.

적당한 거리를 유지한다

이웃 간의 다툼은 대부분 소음 때문에 발생해요. 처음에는 조심하지만 익숙해지면 마음이 느슨해지기도 하지요.

생활을 한 번 돌아볼까요? 밤늦게 큰 소리로 음악을 듣거나 텔레비전을 보지는 않나요? 욕실에서 쾅쾅 소리 나게 물건을 놓거나 발뒤꿈치부터 체중을 실어 디디며 쿵쿵 걷지는 않나요? 이웃에서 불만을 제기했다면 변명하지 말고 '미처 몰랐어요. 죄송합니다'라고 솔직하게 사과하는 게 좋아요.

그리고 나서 무엇이 불편했는지 확실히 물어보세요. 이를테면 '어떤 소리였나요?', '몇 시쯤이었나요?' 같이 구체적으로 물어보면 원인을 알 수 있답니다. 상황 파악이 되면 '앞으로 조심할게요'라는 의사를 전합니다. 그리고 만약 대학 연구 때문에 늦게 들어온다, 잔업 때문에 부득이 밤중에 욕실 사용을 해야 한다, 발을 다쳐서 당분간은 발을 끌면서 걸을 수밖에 없다 등의 개인 사정이 있다면 설명하세요. 여러분의 평소 됨됨이를 알고 있다면 조금은 이해해줄 겁니다.

옆집 사람이 시끄럽거나 위층에서 물이 새는 등 피해를 보는 경우라면 직접 상대방에게 불만을 이야기하기보다 집주인이나 관리실에 말해서 대처하도록 하는 편이 현명하지요. 큰 소리로 위협을 하는 등 경찰에 신고할 정도로 심각한 상태라면 우선 부모님께 상담한 후 행동을 취하세요. 앙심을 품고 범죄를 저지르는 경우도 많아서 피해자라도 조심해야 합니다.

세상은 혼자 사는 게 아니므로 주변 사람들과 협조하며 살아가는 것이 중요합니다. '먼 친척보다 가까운 이웃이 낫다', '집주인은 부모와 마찬가지'라는 말이 있듯이, 이웃사람이 가족처럼 친절하게 도와주는 경우가 많이 있어요. 그런 의미에서도 이웃과 사소한 일로 문제를 일으키지 말고 잘 지내는 것이 중요하겠지요.

물론 자신을 이해해주기를 바란다고 해서 개인정보를 지나치게 알려줄 필요는 없어요. 특히 여성은 위험할 수도 있으니까 적당한 거리 유지를 잊지 마세요.

양해를 구할 땐 상대방의 마음으로

양해를 구할 일이 있을 땐 상대방의 입장에서 생각해봅니다. 친구를 많이 불러서 식사나 파티를 하고 밤새 놀게 된다면 사

전에 옆집이나 아래층 사람에게 양해를 구하는 게 좋아요. 'O 시부터 △시까지 집들이를 할 건데요. 시끄러울지도 모르겠어요. 죄송합니다. 불편하시면 말씀해주세요' 이렇게 미리 말해두면 트러블이 잘 생기지 않는답니다. 시간대와 양해의 말을 전하기만 해도 상대방이 다르게 받아들이거든요.

'가족이 아파서 너무 시끄러우면 곤란해요', '신생아가 있어서 조용히 해줬으면 좋겠어요'라는 대답이 돌아왔다면 일찌감치 포기하고 밖에서 모임을 갖거나 다른 방법을 강구하도록 합니다. 가끔은 집에서 친구와 놀고 싶다는 생각이 들어도 남에게 민폐를 끼치고 자신만 즐기는 행동은 절대 금물이랍니다.

지금 살고 있는 동네에서 앞으로 몇 년 동안은 살 예정이라면 그 동네에 대해 좀 더 알아가는 재미를 가져보면 어떨까요?

골목골목 숨은 맛집이 있는지, 주말 오전 갓 구운 빵을 내놓는 빵집은 어디에 있는지, 신선한 원두로 맛있는 커피를 내려주는 커피집이 숨어 있지는 않은지, 친구와 오붓하게 한잔할 수 있는 조용한 술집은 어디 있는지 날씨 좋은 주말 가벼운 마음으로 동네의 이모저모를 알아가보는 겁니다.

내 취향에 맞는 가게를 찾아내고 자주 찾게 되면 동네를 향한 애정도 깊어지고 고된 하루 끝에 집으로 돌아가는 퇴근길도 한결 따듯해진답니다.

평소에 자주 가는 마트나 편의점은 알고 있겠지만 병원 같은 건 어떤가요? 긴급하게 병원에 가야 할 때는 찾아볼 시간조차 없는 경우도 있지요. 내과뿐 아니라 외과나 치과, 이비인후과 등의 병원이 근처 어디에 있는지 알아두세요.

어느 병원이 무엇을 잘 진찰하는지 가격은 어떤지 정보를 잘 아는 사람은 그 동네에 사는 사람입니다. 인터넷으로 찾아볼 수도 있지만 가장 좋은 방법은 동네 사람에게 듣는 입소문이랍니다. 어느 병원이 좋고 나쁘더라는 평판은 그 동네 사람에게 듣는 게 가장 신뢰할 수 있거든요. 인사하면서 넌지시 물어보면 좋을 거예요.

타인과 문제가 생겼다면
무엇이 불편했는지 확실히 물어보세요.
구체적으로 물어보아야 원인을 알 수 있답니다.
상황 파악이 되었다면
나의 의사를 분명하게 전합니다.

어른이 되는 데는
사계절이 필요하다

: 계절과 환경에 맞춰 사는 것

계절에 따라 분위기만 바꿔도
정취가 생긴다

계절과 환경에 맞춰 사는 것에 대해 생각해봅니다. 우리는 사계절을 지내지요. 겨울에서 봄이나 여름으로 바뀔 때보다 여름에서 겨울로 갈 때 대응해야 할 변화가 훨씬 큽니다.

자신에게 생기는 변화와는 전혀 다른 외부의 변화에 맞춰 생활을 바꿔가는 방법을 알아둬야 합니다. 기온이 크게 내려가면 마음도 덩달아 가라앉기 마련이지요. 때에 따라 어떤 생활습관을 가지는지는 마음가짐에도 큰 영향을 미치지요.

두 계절을 한 곳에서 지내보면 나의 생활방식도 알게 마련입니다. 그쯤 생활환경에 대해서 다시 한 번 돌아볼 시기입니다. 일상생활도 자리 잡아서 어떤 집이 생활하기 편한지도 알게 되었을 겁니다. 지금 살고 있는 동네나 집이 살기 편한지에 대해서도 어렴풋이 느낌이 올 테고요. 집은 괜찮은데 주변에 상가가 없어서 불편하다거나 살기 편해서 마음에 들지만 출퇴근 전쟁으로 매일 너무 힘든 경우처럼 생활 방식 개선으로는 도저히 해결할 수 없는 상황이라면 이사를 해야 할지 판단을 내릴 시기이기도 하지요.

자립해 살기 시작한 지 반 년 가까이 지나면 앞으로 계속 이렇게 살아도 괜찮을지 최종적으로 확인하는 시기라고도 할 수 있어요. 경우에 따라 '이렇게는 못 살겠어'라는 사람도 있을 거예요. 그렇다면 함께 사는 곳으로 거처를 옮겨도 괜찮습니다. 그 또한 중요한 경험이지요. 지금이야말로 객관적으로 자신의 생활을 다시 돌아볼 때랍니다.

계절의 변화에 맞춰 단장한다

아무리 더운 여름도 언제 어디서든 시원한 에어컨을 만끽할 수 있고 고단열, 고기밀 시공이 일반화된 현대 생활에서는 옛

날만큼 계절에 맞춘 생활 방법을 고려할 필요가 없게 되었지요. 그래도 겨울이 되면 생활을 위한 겨울 준비가 필요한데요. 계절에 따라 분위기만 바꿔도 생활에 리듬감과 정취가 생긴답니다. 계절을 맞이하는 마음가짐을 정비할 수 있지요. 덤으로 집이나 의류, 가구의 손질까지 두루두루 하게 되는 장점도 있지요.

계절이 바뀌면 가장 먼저 하는 건 의류를 바꾸는 것입니다. 겨울 의류를 꺼내고 여름 의류를 수납함에 넣으며 옷장 정리를 했을 수도 있고요. 이 부분에서 생각해볼까요? 지금 생활에서는 옷을 어느 정도 꺼내고 정리해야 하나요? 본가에서는 겨울을 맞이해 히터나 온풍기, 전기장판을 꺼냈을 테지요. 그러면 지금은 집에 무엇이 있어야 할지 생각해보세요.

에어컨이 없던 시절에는 여름이면 바람이 잘 통하는 발이나 모시 커튼을 창에 걸고 마루에는 감촉이 차가운 왕골돗자리를 깔았지요. 겨울에는 외기를 차단하는 모직 커튼을 치고 바닥에는 카펫을 깔아서 계절마다 분위기를 바꿨고요. 그것이 계절의 변화를 이겨내는 생활의 지혜였답니다.

지금은 그렇게까지 하는 집은 많지 않겠지만 적어도 봄여름의 실내장식 그대로 겨울을 보내는 가정은 없을 겁니다. 여름 커튼으로 온기를 유지하려면 난방비가 더 들어서 낭비일 뿐더러 차가운 바닥을 그대로 두면 포근함이라고는 느껴지지 않겠지요.

지금 집은 어떤가요? 먼저 침구를 살펴볼까요? 지금까지 쓰던 얇은 이불로는 춥다고 느껴지면 이불도 겨울 준비가 필요해요. 얇은 타월이불은 세탁해서 잘 말린 후 옷장에 넣어둡니다.

지내고 있는 공간이 비교적 더 춥다면 기본적인 난방 외에도 기름히터나 온풍기를 구입해 추위에 대한 대책을 세울 필요가 있는데요. 새로 산다면 여름에는 벽장에 넣어 보관할 수 있도록 방 크기에 맞는 아담한 크기의 제품을 찾아보세요. 집 안에서 카디건을 걸치거나 털 실내화를 신으면 실내 온도가 2~3℃ 낮아지더라도 따뜻하게 지낼 수 있답니다.

웬일인지 도시에 사는 젊은 사람, 특히 남자 가운데에는 계절감 없는 옷을 입고 있는 사람이 많은데요. 일 년 내내 마음에 드는 티셔츠만 계속 입거나 날씨가 꽤나 추운데도 후드집업만 걸치고 다니더라고요.

교복 입고 다닐 때를 생각해보세요. 하복도 10월이면 들어가고 동복으로 바뀌지요. 계속 반소매 셔츠나 얇은 재킷을 입

으면 볼품없을 뿐 아니라 자기도 모르는 사이에 몸이 차가워
진답니다. 몸도 자연스럽게 움츠러들게 되고요. 계절의 변화
를 인식하고 계절에 맞는 복장에 신경 쓰는 일은 환경의 변화
에 맞춰 나를 적절히 바꿔가는 일이랍니다.

방치하지 않는다

계절이 바뀔 때마다 옷장의 옷을 정돈해야 하지요. 겨울옷을
꺼낸다면 여름 용품은 다음에 쓸 때까지 반년은 보관해 두어
야 하는데요. '다음에 입을 때 세탁하지 뭐'라는 생각으로 반
년 동안 방치하면 어떻게 될까요? 땀과 얼룩으로 누렇게 변색
되고 찌든 때나 변질된 음식물 얼룩은 지워지지 않게 되기도
하지요. 계절이 바뀌어 옷을 장기간 보관해야 할 때는 반드시
세탁해서 보관해야 한답니다.

얇은 셔츠나 린넨 재킷 같은 한여름 옷은 물빨래나 드라이
클리닝을 한 후 옷장 한쪽에 걸어두면 되고요. 흰 셔츠와 색이
짙은 셔츠를 나란히 두면 이염되어 입지 못하게 되기도 하니
까 주의하세요.

189

샌들이나 여름용 스니커는 표면의 오염물을 대충이라도 닦아 높은 곳에 보관합니다. 낮은 곳은 습기가 차서 신발에 순식간에 곰팡이가 피게 되거든요. 마찬가지 이유로 여름용 타월이불도 세탁한 후에 가능하면 옷장의 위쪽 선반에 보관해주세요.

겨울과 마찬가지로 봄과 여름을 맞을 때도 옷장 정리는 필요합니다. 겨울에 사용한 난방기구도 잘 보관합니다. 먼저 기름히터는 표면을 잘 닦은 후 커다란 비닐로 덮어서 다용도실 안쪽에 두고요. 전기요나 전기방석은 표면의 더러움을 제거하거나 커버를 세탁한 후 작게 접어서 벽장에 보관하세요.

겨울 이불은 커버를 벗겨 세탁하고 햇볕에 잘 말린 후 접어서 이불장에 넣어두고요. 담요는 셀프빨래방에서 통째로 세탁하는 게 좋아요. 겨울 이불은 겨울용 시트로 한꺼번에 싸서 보관하면 여름 동안 먼지가 쌓이지 않는답니다.

다음은 코트나 다운패딩 같은 겨울 외투인데요. 여간해서는 잘 사지 않으니까 손질을 잘 해서 다음에도 입을 수 있도록 해주세요. 먼저 표면에 묻은 먼지나 오염물을 마른 수건(의류용 브러시가 있다면 의류용 브러시로)으로 가볍게 쓸어낸 후 옷장 한쪽에 잘 걸어둡니다. 집에서 보관하기 힘든 울이나 캐시미어 등 천연소재로 된 고급 코트는 본가에 맡겨도 되겠지요.

코트나 스웨터류는 드라이클리닝을 한 후 보관하는데요. 세탁소에서 준 비닐 커버를 계속 씌워두면 안 됩니다. 그 비닐 커버는 장기간 보관용이 아니므로 그대로 두면 습기가 차서 곰팡이가 피기도 하거든요. 꼭 의류 보관용 전용 커버로 바꿔 주세요.

귀찮다는 생각이 들 수도 있지만 이렇게 손질을 해두지 않으면 애써 정리해둔 옷이 엉망이 된답니다. 특히 여름에는 좀이 슬어 구멍이 뚫리기도 하니까 각별한 주의가 필요해요.

가난뱅이 신이 마음에 눌러앉지 않도록

한 해가 끝나가면 주변을 전반적으로 점검하고 깨끗하게 해 주세요. 연말 대청소를 왜 하는지 알고 있나요? 지금까지 대충 하던 청소를 연말에 한꺼번에 몰아서 한다는 의미는 아니랍니다. 1년 동안 생활하다 보면 이런저런 먼지나 때가 쌓이는데요. 묵은 때를 말끔하게 없애고 깨끗한 공간에서 새해를 맞이하기 위한 준비를 한다는 의미지요. 설날에 들떠 있을 게 아니라 여러분을 보살펴 준 집에 감사하고 새해에 좋은 일이 있기를 바라며 대청소를 하면 어떨까요?

집안을 깨끗하게 청소한 후 제야의 종소리를 듣고 새해를 맞으면 말끔하고 상쾌한 기분으로 새로운 한 해를 시작할 수 있지요.

먼저 평소에 하는 청소를 한 번 합니다. 새해를 맞이하는 데 특별히 청소가 필요한 부분이 현관과 물 쓰는 곳(주방, 화장실, 욕실)인데요. 현관은 복이 들어오라는 의미에서 깨끗한 상태로 새해를 맞이하고 물을 쓰는 곳은 병이 얼씬도 못하도록 청결하게 해둡니다. 이왕이면 현관 밖 통로까지 비질을 하면 좋겠지요.

그 다음은 창문 유리, 난방기구, 환풍기, 레인지 후드같이 평소에 잘 청소하지 않는 부분인데요. 이때 커튼도 세탁합니다. 커튼은 오염물질이 잘 달라붙어 아마도 꽤나 더러울 거예요. 건조한 시기라서 세탁이 끝나면 가볍게 탈수해서 커튼레일에 달아두기만 해도 금방 마른답니다. 그릇 선반과 신발장, 책장의 상판도 살펴보세요. 이런 부분도 눈에 보이지는 않지만 먼지가 쌓여 더러워져 있을 거예요. 확인해보고 '이래서는 안 되겠다' 싶으면 귀찮아하지 말고 걸레질을 합니다.

청소기로 대충 돌리지 말고 기왕 시작한 청소인 만큼 바닥도 꽉 짠 걸레로 닦아주세요. 마치 물로 씻은 것처럼 말끔해질 거예요. 문손잡이와 전자레인지 문같이 자주 손이 닿는 부위도 닦아보면 손때가 묻은 것을 알게 되지요. 손때자국은 물걸레질만으로도 싹 지워진답니다.

청소의 마무리라면 역시 수전 같은 쇠붙이를 닦는 일일 텐데요. 세면대나 주방의 수전 부분은 낡은 칫솔이나 스펀지로 문지르면 반짝반짝하게 된답니다. 금속 부분이 반짝거리면 그것만으로 청결감이 느껴지고 무엇보다 '청소했다!'는 뿌듯함이 느껴질 거예요.

청소를 했으면 마지막으로 할 일이 쓰레기 버리기지요. 수거일에 미처 버리지 못한 쓰레기가 집 안에 남아 있지는 않나요? 특히 대형 폐기물이나 병과 캔이 그 자리에 그대로 놓여 있지는 않나요? 쓰레기를 새해로 가지고 가면 안 된답니다.

우선은 12월의 수거일을 확인해서 계획적으로 버리도록 합니다. 대형 폐기물은 지자체 홈페이지에서 확인 후 처리하고요. 옛날 사람들은 '가난뱅이 신은 더러운 곳을 좋아해서 쓰레기가 있으면 가난뱅이 신이 눌러 앉는다'고 했지요. 가난뱅이 신의 마음에 들지 않도록 집안에 쓰레기를 다 치워버리는 겁니다.

몸은 계절에 따라
바뀐다

계절이 바뀌면 하는 일도 달라집니다.

식사하기나 정리정돈하기 같은 일은 일 년 내내 같은 일을 반복하는 것처럼 생각하기 쉬운데요. 그렇지 않답니다. 계절에 따라 하는 일이 달라집니다. 일조량의 상태, 기온의 변화, 제철 식재료 등에 맞춰 식사를 마련하고 정리정돈을 하는 방식에도 아이디어가 필요하거든요.

인간은 자연의 일부이므로 계절에 따라 몸의 상태도 바뀌지요. 기초대사량이 계절에 따라 바뀌는 것을 알고 있나요? 계절에 맞는 음식을 먹고 옷을 입는 일은 자연의 흐름에 맞게 나를 변화시켜가는 일이랍니다. 겨울에는 추위에 맞서기 위해 몸이 에너지를 필요로 해요. 그래서 옛날부터 추위를 이겨내려고 몸을 따뜻하게 하는 뿌리채소를 이용한 음식을 많이 먹어왔답니다.

여름에는 더위에 맞서기 위해 땀을 많이 흘려 체온을 내립니다. 그래서 땀의 양과 배출되는 독소의 양(신진대사)이 많아지기 때문에 빨래도 정성을 들일 필요가 있는 거지요.

'몸 상태도 계절에 따라 바뀐다'는 사실을 의식하면서 자신의 몸에 맞춰 생활하다 보면 계절에 맞는 생활 방식이 저절로 몸에 밸 겁니다.

지금은 예전보다는 실내 환경에 계절 변화가 적고 동네는 도시화되어 일정한 환경이 유지되지요. 그래서 더욱 계절의 변화를 느끼며 생활하지 않으면 자기도 모르게 몸 상태가 나빠지기도 한답니다.

여름과 겨울은 일조시간도 다르고 바람도 남풍에서 북풍으로 바뀝니다. 겨울에는 여름보다 지역에 따른 차이가 큰 편이라 비가 적고 건조한 지역, 혹은 눈이 많고 습도가 높은 지역 등의 특징이 나타나지요. 그래서 같은 집이라도 계절에 따라 빨래를 말리는 장소와 시간을 바꿔야 하는 경우가 많답니다.

눈이 많이 오는 지방은 집안 습도도 높아서 실내 건조는 적합하지 않기 때문에 건조기가 필요할 수도 있어요. 건조한 지역은 모래 먼지가 자주 일기 때문에 밖에서 말리면 도리어 더러워져서 실내건조를 하는 편이 좋은 경우도 있고요.

겨울에는 태양의 높이가 낮아서 햇볕이 집안까지 들어오니까 실내건조를 해도 빨래가 잘 마르기도 합니다. 여름에는 덥고 싫기만 했던 서향 창문이 겨울철에는 해가 잘 들어 좋기도 해요. 이렇게 계절에 따라 집의 활용법이 바뀌는 것에도 관심을 가져보세요.

여름옷과 비교하면 겨울옷은 세탁에 신경을 더 써야 한답니다. 스웨터나 머플러 같은 울 제품은 그대로 세탁기에 넣으면 안 되고요. 의류에는 세탁표시가 반드시 붙어 있으므로 세탁기에 돌려도 되는지 드라이클리닝을 해야 하는지 꼭 확인해보세요.

세탁기 사용이 가능한 경우도 세탁망에 넣어서 전용 세제로 빨아야 한답니다. 자칫 잘못하면 줄어들거나 뻣뻣해지기도 하고 변형되는 경우도 많거든요.

초등학교 실과 시간에 세탁표시에 대해 배운 적이 있지요? 지금은 새로운 표시로 바뀐 것도 있으니 세탁표시 기호와 옷에 붙어 있는 세탁 시 주의사항을 한 번 확인해보세요.

먼지가 고이지 않는 공간

청소는 계절의 영향을 별로 받지 않는다고 생각하지만 입는 옷이 달라지고 사용하는 물건이 바뀌기 때문에 청소 방식도 바뀝니다.

대부분의 집 먼지는 직물에서 발생한다는 사실을 알고 있나요? 추운 겨울에는 니트나 두꺼운 옷을 입고, 잘 때도 극세사 이불을 사용하기 때문에 솜먼지가 여름보다 많이 발생하지요. 게다가 건조하면 정전기 때문에 입고 있는 옷에 먼지가 흡착되기도 하고요. 그것이 바닥에 떨어져 실내의 먼지가 된답니다.

겨울철일수록 부지런히 청소기를 돌리거나 봉걸레와 청소포를 사용해서 먼지 대책을 세워야 하는데요. 여름철에는 걸레질이 중요하지만 겨울철에는 걸레질보다 먼지를 빨아들이는 청소기의 역할이 중요합니다.

이불을 갤 때 창을 열고 집안에 환기를 시키면 가벼운 솜먼지는 그대로 밖으로 나갑니다. 추워도 환기는 꼭 시켜주세요.

계절에 맞는 요리를 먹는다

여름에는 차가운 면이나 신선한 채소 샐러드로 식사를 하면 몸을 시원하게 할 뿐만 아니라 달아났던 입맛도 돋웁니다. 더운 계절에는 차가운 식재료나 몸을 식혀주는 식재료가 맛있게 느껴지지요.

찬바람이 조금씩 불기 시작하면 아무리 좋아해도 여름 식생활을 계속 하면 안 된답니다. 채소를 먹어야 한다는 생각에 채소 샐러드를 적극적으로 계속 먹는 사람도 많을 겁니다. 꼭 잘못된 것은 아니지만 생채소는 몸을 차게 한다는 사실을 잊지 마세요.

겨울철에는 몸을 따뜻하게 하는 게 중요하므로 따뜻한 채소나 국물 요리로 요리해 채소를 섭취하도록 합니다. 몸을 따뜻하게 하는 식사는 한겨울 추위를 이기고 체온을 유지하는 데 대단히 중요해요.

먼저 식재료를 살펴볼까요? 제철 음식을 먹는 것은 그 계절에 필요한 영양소를 섭취하는 것이지요. 겨울의 제철 채소는 배추나 버섯류, 무, 토란 등의 뿌리채소류랍니다. 하나하나 기억하려면 힘들 테니 마트에서 산더미처럼 쌓아놓고 싸게 파는 식재료, 노지재배 채소나 근해에서 잡은 생선 등이 제철 식재료라고 기억하세요.

다음은 먹는 방법인데요. 찌개나 수프같이 따뜻한 요리로 만들어 드세요. 생강은 몸을 따뜻하게 하는 식재료라고 알려져 있지만, 사실 생으로 먹으면 오히려 몸을 차갑게 해요. 여름철 대표요리인 생강을 올린 냉두부를 떠올려보세요. 그런데 두부전골같이 따뜻한 요리에 넣어 먹으면 몸을 따뜻하게 해준답니다. 생채소로 먹으면 몸을 차게 하지만 따뜻한 요리와 함께 먹으면 몸을 따뜻하게 하는 거지요. 같은 식재료라도 요리방법에 따라 효능도 달라집니다.

겨울에는 차가운 주스나 맥주, 아이스크림은 되도록 줄이는 게 좋겠지요. 그렇다고 참을 필요까지는 없으니까 차가운 음식을 먹을 때는 따뜻한 음식과 함께 먹도록 합니다.

뭐든지 혼자 할 수 있다고 자기 선언을 했다면,
남에게 의존하거나 지배하지 않는
강인함을 지니면서도
서로 힘이 되어 주는 인간관계를
만들 수 있게 될 겁니다.

따뜻한 몸에
따뜻한 마음이 깃든다

인간의 대사기능은 37℃정도에서 가장 활발하다고 하지요. 몸은 생각보다 빨리 차가워진답니다. 신경 써서 몸을 돌보지 않으면 부지불식간에 몸이 차가워져 점점 건강을 해치기 쉽습니다. 특히 여성의 경우는 젊은 시절 겪은 냉증 때문에 나중에 각종 질환에 시달리는 경우가 많아요. 자신의 몸은 스스로 챙길 수 있도록 필요한 의류나 도구는 제대로 갖춰두고 계절에 맞게 활용하도록 합니다.

따뜻한 몸에 따뜻한 마음이 깃듭니다. 잔뜩 움츠러들어 있으면 마음도 점점 작아진답니다.

몸의 긴장을 푼다

지금 어떤 침구를 사용하고 있나요? 찬바람이 분 지 한참이 지났는데도 귀찮다고 아직 여름용 이불에서 자고 있지는 않나요? 겨울용 이불이 없다고 플리스 재킷이나 스웨터를 껴입고 얇은 이불을 덮고 자는 건 아닌가요?

몸을 웅크리고 자면 어깨가 결리거나 목덜미가 아프고 깊은 잠을 자지 못해서 수면장애가 되기도 하지요. 자는 동안 체온을 빼앗기지 않고 충분한 수면을 취하기 위해서라도 겨울 이불이나 담요는 꼭 준비해야 해요.

편안한 수면을 위해서는 넉넉한 옷을 입고 양말은 신지 않는 게 좋아요. 양말을 신고 자면 발을 죄어 긴장을 풀 수 없는데다 몸과 이불에 온기가 돌면 발에 땀이 나 냉증의 원인이 되기도 하거든요.

차라리 이불이나 담요를 두세 장 겹쳐서 온기를 확보하세요. 특히 목(어깨)이나 발을 단단히 감싸 따뜻하게 해서 잡니다. '목' 자가 붙은 신체의 부분, '목, 손목, 발목'을 따뜻하게 하면 편안하게 쉴 수 있다는 것을 기억해주세요.

잘 때는 양말을 신지 않는 게 좋지만, 깨어 있을 때는 양말을 신어서 발이 차가워지지 않도록 해주세요. 주방에 서서 일할 때 슬리퍼를 신으면 체온이 내려가는 것을 막아주고요.

혹시 마룻바닥에 바로 앉지는 않나요? 엉덩이나 허리, 배를 차게 하면 변비나 설사 증상이 생기기 쉬운데다 여성은 불임의 원인이 될 수도 있답니다. 남성도 냉증이 요통 같은 관절통이나 디스크로 발전하지 않으리라는 보장은 없지요. 젊다고 방심하면 평생 고생할 수 있어요. 지금부터 확실하게 예방해주세요.

방석이 없다면 쿠션이든 접은 타월이불이든 다 괜찮아요. 바닥에 바로 앉아야 한다면 뭐라도 깔고 앉도록 합니다.

보온성이나 발열성이 높은 합성섬유 의류가 많이 나오는데요. 이런 옷을 잘 활용하고 있나요? 이런 소재가 따뜻하다고 해서 너무 얇게 입으면 안 됩니다. 움직일 때는 너무 따뜻해서 땀을 흘리게 되고, 잘 마르지 않는 소재라서 땀이 식으면 감기에 쉽게 걸릴 수 있어요. 그뿐 아니라 화학섬유의 특성상 입고 있으면 피부의 수분을 빼앗겨 건성 피부가 되거나 피부가 약한 사람은 알레르기 증상(피부가 붉게 되고 닿는 부분이 가려운 증상)이 생기기도 해요. 따뜻하려고 기껏 산 옷인데 지나치게 믿은 나머지 취약해져서는 안 되겠지요.

옷으로 하는 온도조절은 여러 벌 껴입는 게 최고의 방법입니다. 우선 피부에 직접 닿는 속옷은 면이나 실크 같은 천연소재로 된 것을 선택해 건조해지거나 가려운 것을 방지하고요. 그 다음은 피부에 자극적이지 않은 티셔츠와 울 소재로 된 스웨터를 입고 마지막으로 코트나 점퍼 같은 겉옷을 입는 거지요. 이렇게 더우면 벗고 추우면 껴입어서 체온조절을 하는 게 가장 좋은 방법이랍니다.

플리스 같은 화학섬유로 된 옷은 면 소재로 된 옷 위에 입어서 되도록 피부에 직접 닿지 않게 합니다. 체온 유지에는 도움이 되지만 땀 배출이 잘 되지 않아서 땀을 흘린 채 그대로 두면 안 되거든요. 쉽게 입고 벗을 수 있는 옷차림이 포인트랍니다.

겨울에는 이따금 욕조에 뜨거운 물을 받아 몸을 푹 담가주세요. 미지근한 온도로 해서 느긋하게 담그고 있으면 몸이 뼛속까지 따뜻해진답니다. 미지근한 온도라면 39~40℃ 전후지만 온도 설정에 신경 쓸 필요 없이 몸의 감각대로 하면 돼요. 뜨겁지 않고 기분 좋을 온도면 딱 좋아요.

목욕이 끝나면 머리를 잘 말리고 몸이 식기 전에 이불 속으로 들어갑니다. 이렇게 소소한 습관으로 몸의 피로가 풀리고 기분 좋게 잠들 수 있게 된답니다.

몸과 마음을 데우는 가장 좋은 방법

추운 겨울날, 아침은 잘 챙겨먹고 다니나요? 아침밥을 제대로 먹었으면 하는 마음은 굴뚝같지만 아침에 채소 주스만 달랑 먹어도 몸 상태가 괜찮다면 할 수 없겠지요. 다만 추운 날만이라도 아침에는 따뜻한 음식을 먹었으면 해요.

우유를 따끈하게 데워 먹거나, 꿀을 넣어 생강차를 마셔도 좋고, 간편하게 데워 먹을 수 있는 분말 수프도 좋고요. 아침에는 커피에 우유를 넣어서 마시면 좋지요.

따뜻한 집안에 있다가 바깥으로 나가면 차가운 바람이 훅 들어와 몸이 움츠러들게 되지요. 집 밖으로 나서기 전에 따뜻한 음식을 먹기만 해도 몸이 차가워지는 것을 막을 수 있어요. 의외로 뜨거운 물도 맛있답니다. 꼭 한 번 물을 데워 후후 불며 마셔보세요. 맛도 온기도 가득 느껴질 거예요.

겨울은 참 건조한 계절입니다. 이런 계절에 특히나 건조한 공간에서 지내면 피부가 건조해져 가렵거나 감기에 잘 걸릴 수도 있어요. 잘 알겠지만 바이러스는 습기에 약하답니다. 실내 습도가 적당히 유지되면 여러 면에서 건강에 좋아요.

일부러 가습기를 사지 않아도 집안이 건조해지는 것을 막는 방법은 다양한데요. 빨래를 실내에서 말리면 집안이 건조해지는 것을 막는 장점이 있지요. 전날 밤에 욕조 목욕을 했다면 다음날 아침까지 그 물을 그대로 두고 욕실 문을 열어두는 것도 좋은 방법이에요. 너무 건조해서 목이 아플 때는 머리맡에 젖은 수건을 걸어두기만 해도 효과가 있답니다.

건조하다 싶은데도 아무런 대책을 세우지 않으면 감기가 심해지거나 독감에 걸릴 수 있으니까 확실한 대책이 필요합니다.

집안이 건조해지지 않도록 아무리 주의를 기울여도 겨울에는 감기나 독감에 걸리기 쉽지요. 밖에 나갈 때는 마스크를 하거나 몸을 따뜻하게 하고 실내 습도를 유지해서 예방을 하는 것이 제일이지만 어쩌다 보면 감기에 걸리기도 하겠지요.

목이 아프고 등에 한기가 드는 감기 증상이 나타나면 바로 대처합니다. 우선은 목 주변을 따뜻하게 하고요. 따뜻한 음식을 먹는 것도 중요해요. 조금이라도 찌뿌듯하다 싶으면 밤늦게까지 있지 말고 일찍 자도록 하고요.

갈근탕이라는 한방약을 아시나요? 갈근을 넣어 만든 한방약으로 초기 감기에 잘 듣지요. 갑작스러운 감기에 대비해 이런 약을 상비해두면 도움이 될 거예요. 겨울에는 잔병치레가 많으니까 위장약, 감기약(한방으로 듣지 않는 경우), 해열제 등을 미리 준비해두세요.

나의 생활과
공간을 돌아본다

자신의 공간을 가져보니 어떤가요?

앞으로도 이 공간에서 쾌적하게 생활할 수 있을지 자신이 생기나요? 반년 이상 살아 보면 장점과 단점들이 눈에 띄기 시작할 거예요. 다른 집에서 생활해본 적이 없다면 비교할 수 없을 테지만 반년 이상 지나면 친구 집과 비교하거나 같은 금액으로 구할 수 있는 다른 매물이 눈에 들어오게 될 겁니다.

가장 중점적으로 고려해야 하는 부분은 지금 살고 있는 집과 자신이 잘 맞는가 하는 것이에요. 이웃과의 생활시간이 너무 달라서 불편하고 밤에 집에 올 때 길이 어두워서 무서운데다 해가 잘 들지 않아서 우울해지는 등 막상 살아 보니 알게 되는 부분도 많을 겁니다.

'나한테는 저 동네가 더 편하고 집세도 지금 사는 데보다 싼데 이사 갈까'라는 생각이 조금이라도 든다면, 거처를 옮기기 위해서 어떻게 해야 할지 생각해야겠지요. '지금 생활이 잘 맞아'라고 계속 살기로 결심했다면 앞으로의 이 집에서의 생활에 대해 새롭게 한 번 생각해보세요.

공간의 분위기를 바꿔본다

지금처럼 계속 살기로 했다면 집 구조를 살짝 바꿔보는 것도 좋아요. 일부러 비싼 가구를 사라는 말은 아니고요. 지금까지 좀 불편하다고 느꼈던 부분이나 참고 지냈던 부분을 해소하자는 의미랍니다. '밥상에서 공부하니까 너무 불편해. 책상을 사야겠어', '바닥에 그냥 앉으니까 도무지 피로가 안 풀리는데 소파를 한 번 사볼까' 같이 자신의 생활을 쾌적하게 하는 물건을 구입하는 것은 중요한 투자일 테고요.

좀 비싸더라도 꼼꼼하게 골라서 '이거다' 싶으면 구입해도 됩니다. 가구는 '세 번 보러 가라'고 하는데요. '세 번이나 보러 갈 만큼 갖고 싶은 물건이고 아직까지 팔고 있다면 구입해도 되는 물건'이라는 뜻이지요. 물론 지나치게 비싼 가구를 무리하게 빚까지 져서 구입해서는 안 되지요. 디자인과 실용성, 살고 있는 공간과의 조화, 가격을 고려해 구매해야겠지요.

목표를 가지고 계획적으로 자금을 모은다

생활이 익숙해지고 안정되었다면 좀 장기적인 목표를 세워보세요. 여행을 간다거나 해보고 싶은 취미, 따고 싶은 자격증같이 가까운 앞날에 대한 목표인데요.

'공부나 일에 쫓겨 그럴 때가 아니야'라는 사람도 있겠지만, 사람은 목표가 아무리 낮더라도 일단 목표가 있다면 그것을 향해 적극적으로 생활할 수 있답니다. 금전적으로 비용이 든다면 목표를 향해 돈을 모으는 것 역시 목표의 일부가 되겠지요.

지금 사는 집이 마음에 들지 않아도 내일 당장 이사할 수는 없는데요. 이사를 하는 데에는 많은 준비가 필요합니다.

처음 혼자 살기 시작했을 때를 생각해보면 어떤가요. 아마도 이사 나올 때 부모님이 많이 도와주셨겠지요? 이번에 이사할 때는 모든 일을 혼자 처리해야 한답니다. 싫은 기억뿐이라 해도 '떠나는 새는 흔적을 남기지 않는다'는 속담을 명심해서 집을 깔끔하게 치우는 면모를 보여주세요.

이사는 돈이 드니까 그 비용을 어떻게 마련할지 철저하게 따져봐야 해요. 새집을 찾을 때는 자신의 조건에 되도록 상세하게 맞춰봐야 하는데요. 지금 집에 살면서 이사할 집을 찾는 것이니 서두르지 말고 꼼꼼하게 이번에는 자신에게 맞는 집을 찾는다는 마음가짐으로 준비하세요.

새집이 정해지면 살고 있는 집의 관리사무소나 집주인에게 '이사를 가겠다'는 의사를 전하고 절차를 어떻게 하면 되는지 물어보세요. 일반적으로 계약서에는 이사에 대한 규약 등이 명시되어 있어요. 통상 한 달 전에는 알리도록 되어 있을 겁니다.

이사를 하기 위해서는 반드시 따라야 하는 절차가 있지요. 이삿날이 정해지면 잊지 말고 전기나 가스, 수도를 해지 신청하고 비용을 정산합니다. 이사한 후 주민센터에 전입신고를 할 때 주거이전 우편물 전송서비스를 신청하지 않으면 관리사무소나 집주인에게 민폐가 되기도 하지요. 집을 비워줄 때는 청소를 확실하게 해두고요. 파손한 물건은 없는지, 더럽힌 부분은 없는지도 확인합니다. 보증금을 낸 경우에는 그 집의 하자나 손상 상태에 따라 보증금에서 원상복구비용을 차감한답니다. 물론 이상이 없다면 보증금은 거의 돌려받지요.

새로운 공간에 들어가 나의 취향과 생활에 맞게 갖추고 돌보는 것만큼이나 그 공간을 사용할 다음 사람도 내가 누린 편안함을 만끽할 수 있도록 잘 정리하고 나오는 것도 중요하지요. 떠나갈 공간을 둘러보며 그곳에 살아가는 동안 있었던 즐겁고 기뻤고 또 어떨 땐 외롭고 슬프기도 했던 시간들을 떠올려보는 시간을 잠시 잠깐이라도 가져보세요.

인생을 살아가며
'나는 자립해서 살고 있는 걸까',
'누군가의 자립을 방해하고 있는 건 아닐까'라는
질문을 계속해서 했으면 해요.
이 두 가지 질문을 가슴에 품고 살아간다면
언제 어디서 무얼 하든
자신감을 잃지 않을 수 있을 테니까요.

나가는 말

———

미래를 향해
살아간다

———

자립해 살아보니 어떤가요? 몸이 망가지거나 남에게 민폐 끼치지 않고(작은 민폐 정도는 있었겠지요) 별 탈 없이 살아온 것, 자신이 해야 할 공부나 일에 최선을 다해온 것에 대해 부모의 마음으로, 인생의 선배로서 정말 자랑스럽답니다. 가득했던 불안과 기대는 한결 가벼워지고 한층 더 성숙한 어른이 되었겠지요.

어떤 생각이 들던가요? '생활이란 게 녹록하지 않구나'라는 소회일까요? '편하지만 귀찮아서 다른 사람과 함께 사는 게 더 편하다'는 생각을 했나요? 부디 '생활이라는 평범함이 지닌 소중한 의미'를 깨닫게 되었으면 좋겠네요.

지난 생활을 통해 자신이 돈을 어떻게 쓰는지 파악했을 겁니다. 미래의 설계도대로 나아가려면 필요한 돈은 어떻게 모을지 생각해보세요. 살아가는 데 돈이 많이 든다는 사실을 고려하지 않으면 자칫 있는 대로 써버릴 수 있답니다.

기나긴 인생을 향해 자신의 목표를 달성하는 계획도 세워보세요. 한 단계 나아가기 위한 자격증이든 취미를 발전시키든 사람마다 다르겠지요. 사람과의 관계가 인생에서 가장 소중하다는 사실도 기억해주세요.

자립해 살면서 많은 성장을 했겠지요. 자립 능력과 자신의 공간을 지닌 여러분은 앞으로 어떤 일이 닥쳐도 괜찮을 거라고 믿어요.

마지막으로 자립해 살아가기 시작한 여러분이 앞으로도 늘 행복하기를 언제나 빌겠습니다.

다쓰미 나기사

일러스트로 한눈에 보는
엄마의 생활 팁

밥 맛있게 짓는 법

1.

쌀 2컵(180ml 전기밥솥 계량컵)을 볼 같이 넓은 용기에 넣는다.

2.

쌀을 넣은 볼에 물을 넣고 손으로 휘저은 후 쌀이 쓸려 내려가지 않도록 재빨리 물을 버린다. 두 번 반복한다.

3.

물이 흰색에서 투명에 가까워지면 손바닥으로 살살 누르듯이 쌀을 씻는다. 두 번 반복한다.

4.

15~30분 지난 후, 전기밥솥에 쌀을 넣고 분량의 물(200ml 계량컵으로 2컵)이나 내솥에 표기된 물 높이 2에 맞춰 물을 넣는다. 취사 버튼을 눌러 밥을 짓는다.

5.

밥 짓기가 끝났을 때 바로 주걱으로 가볍게 저어두면 불필요한 수분이 증발해 밥이 질어지지 않는다.

밥을 냉동할 때는 평평하게 해서 랩으로 감싼다.

손쉽게 차려 먹는 따뜻한 한끼

간편하게 꺼내 먹는 밥반찬

김
달걀
미역
인스턴트 국
참치
통조림
김치
깻잎절임
팽이버섯

뚝딱 만들 수 있는 밥반찬

프라이팬에서 볶기만 하면
달걀 + 햄 → 햄에그

썰기만 하면
자른 채소 + 고기 → 채소볶음

토마토와 오이 샐러드
토마토
오이

갖춰야 할 식기와
조리도구

밥그릇　　국그릇

스푼　　　수저

오목한 접시　컵

포크

앞 접시

도마

부엌칼

프라이팬　　조리용 젓가락

국자

편수냄비

뒤집개

주방을 정리정돈하는 법

냉장고를 정리정돈하는 법

냉동실

볶음밥　햄버그스테이크

만두　우동　라면　밥밥밥밥　얼음

바로 먹을 수 있는 냉동식품, 우동·라면, 굽기만 하면 되는 햄버그스테이크, 만두, 볶음밥

냉장실

달걀　양념장　버터

버터, 달걀, 양념장

빵　식초　드레싱　소스　케첩　마요네즈　간장　우유

일주일 동안 마실 우유·주스

식초·간장, 된장·마요네즈, 케첩·소스, 드레싱 등

깻잎절임　소시지　햄　된장　채소주스

상비해두면 좋은 양념, 깻잎절임

채소칸

양상추　당근　양배추　오이 토마토

장기보관 할 수 있는 채소 외에는 일주일 동안 다 먹을 수 있는 분량만

그냥 생으로도 먹을 수 있어서 편리

장기보관 할 수 있어 편리

양파, 감자는 냉장고 안에 공간이 부족하면 서늘하고 그늘진 곳에 보관

편의점 음식이라도 건강식으로

간단하게
건강식으로 바꾸기!!

생크림 디저트 → 요구르트

탄산음료 → 채소주스

과자빵 → 삼각김밥

케이크 → 컵과일

야식 선택

건강식 곁들이기!!

튀김류 **+** 샐러드

어묵 **+** 삼각김밥

전자레인지에
돌려 먹는
파스타 **+** 과일

음식물 쓰레기 버리는 방법

싱크대 배수구 망,
삼각 코너 등

물기를 잘 빼서…

음식물 쓰레기 봉투에 넣어
음식물 쓰레기통으로

권장
음식물 쓰레기통

균일가점에서
구입 가능

뚜껑 달린 것으로

페달
개폐식
쓰레기통

악취가
새어나오지
않는 것이 중요!!

빨래할 때 주의 사항

흰 옷과 색깔 옷은
구분해서
세탁한다

양말 같이 냄새나는 빨래는 물에
담가 애벌빨래를 한 후 세탁기에

형태가 망가지지 않도록 넌다

넣어서 손바닥으로 주름을 잘 펴준다,
수건은 널기 전에 탁탁 털어서 빨래
집게건조대에 넌다

손으로
팡팡 두드린다.

털어서 널면
빳빳해지지
않아요!!

갖춰야 할 세제

세탁세제   표백제   섬유유연제

※아래는 대략의 금액입니다.

쌀

1만 7,000원

달걀 10개

3,000원 x 4주 = 1만 2,000원

고기

1만 원 x 4주 = 4만 원

유제품·음료수

1만 원 x 4주 = 4만 원

〈채소〉

양배추

2,000원 x 4주 = 8,000원

양상추

2,000원 x 4주 = 8,000원

감자·양파

2,000원 x 4주 = 8,000원

오이·토마토 그 외

5,000원 x 4주 = 2만 원

불이 붙게 되면······

스프레이 소화기는
대형마트에서 구입할 수 있으니까
갖춰두세요!!

기름요리를 하다가
프라이팬에 불이 붙으면

물은 뿌리면 안 돼요!!

아파트의 소화기 위치를
확인해두세요!!

재난대비 비상배낭 속 물품

현관 근처나 침실, 자동차 안, 다용도실 등에 둔다.

★ ☐ 손전등
☐ 휴대용 라디오
☐ 헬멧
☐ 방재용 두건
☐ 목장갑
☐ 담요
☐ 건전지
☐ 라이터
☐ 초
★ ☐ 물

★ ☐ 식품
☐ 인스턴트라면
☐ 깡통 따개
☐ 칼
★ ☐ 의류
☐ 현금
☐ 구급상자
☐ 적금통장
☐ 인감도장

비바람을 견딜 수 있는 것

★은 특히 중요해요

※ 행정안전부 재난대비 국민행동요령
(행정안전부 http://www.mois.go.kr/)을
참고하세요.

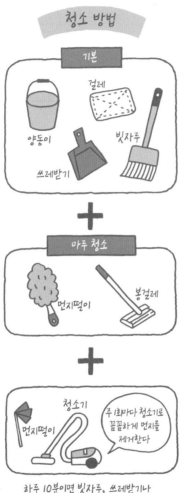

청소 방법

기본

걸레
양동이
쓰레받기
빗자루

＋

마루 청소

먼지떨이
봉걸레

＋

먼지떨이
청소기

주 1회마다 청소기로 꼼꼼하게 먼지를 제거한다

하루 10분이면 빗자루, 쓰레받기나 봉걸레로 청소 가능

현관 바닥

화장실

젖은 걸레로 닦으면 흙먼지가 집안으로 들어오지 않는다

변기솔로 문지른다

주 1회마다 바닥이나 벽, 변기는 전용시트로 청소한다

욕실

물때가 낀 욕조는 전용 세제로 닦는다

욕조용 브러시나 스펀지를 사용한다. 흠집이 생기지 않게 주의!

배수구도 이따금 청소

바닥이나 타일은 전용 브러시로 닦는다. 유닛바스는 바닥에 흠집이 생기기 쉬우므로 스펀지나 걸레로 닦는다

계절이 바뀔 때 할 일

옷 정리 할 때 주의점

너무 꽉꽉 채워 넣지 않는다

플라스틱 보관함 등

물세탁이나 드라이클리닝을 한 후 가운데 부분에 접친 자국이 생기지 않도록 삼등분으로 접어서 보관한다.

세탁하지 않는 의류는 솔질을 하고 그늘에서 말린 후 보관

무거운 옷은 세탁소의 철사 옷걸이가 아닌 두꺼운 옷걸이로 바꿔서 보관

세탁소 비닐은 제거한다

가전제품 보관할 때 주의점

기름히터는 표면을 닦아 커다란 비닐로 덮어서 보관

전기요나 전기방석은 표면의 더러움을 제거하거나 커버를 세탁한 후 작게 접어서 보관

에어컨은 계절이 바뀔 때 필터 청소를 해서 보관하는 게 좋다

세탁표시에 주의한다

 물세탁 안 됨

 표백제로 표백할 수 없음

 세탁 후 건조할 때
기계 건조 할 수 없음

 다림질 할 수 없음

 의류의 이 부분에
붙어 있으므로 체크!!

2018년 12월에 개정된 세탁기호는 총 6종류로 표시됩니다.
이 외 자세한 것은 KS K 0021:2018 "섬유제품의
취급에 관한 표시 기호 및 그 확인 표시 방법"을 참고하세요.

간단히 만드는 채소 수프

당근 양배추 양파 갈자
햄 또는 베이컨 소시지 단호박

남은 채소를 잘게 썰어 콩소메 스톡이나
시판 전골 육수로 끓인다

무
파 두부 곤약

국물내기 조미료와 간장으로
간을 맞춘다

감기에 좋은 음료

꿀 1작은술
생강가루
1작은술
뜨거운
물 1컵

생강가루
1작은술
무즙(물 타지 않고
그대로) 1컵

생강가루
1작은술
뜨거운
우유 1컵

갈분 1작은술
뜨거운
물 1컵
갈분탕

서튠 오늘과 결별하기 위한 엄마의 지혜

인생을 혼자 살아갈 너에게

초판 1쇄 인쇄 2020년 7월 23일
초판 1쇄 발행 2020년 7월 27일

지은이 다쓰미 나기사
옮긴이 김윤정
펴낸이 김선식

경영총괄 김은영
기획편집 봉선미 **디자인** 마가림 **크로스교정** 이영진 **책임마케터** 최혜령
콘텐츠개발5팀장 박현미 **콘텐츠개발5팀** 봉선미, 마가림, 차혜린, 이영진
마케팅본부장 이주화 **채널마케팅팀** 최혜령, 권장규, 이고은, 박태준, 박지수, 기명리
미디어홍보팀 정명찬, 최두영, 허지호, 김은지, 박재연, 배시영
저작권팀 한승빈, 이시은, 김재원
경영관리본부 허대우, 하미선, 박상민, 김형준, 윤이경, 권송이, 김재경, 최완규, 이우철
표지 그림 d.kcum **본문 일러스트** Illustrations by IDA RIE

펴낸곳 다산북스 **출판등록** 2005년 12월 23일 제313-2005-00277호
주소 경기도 파주시 회동길 357 3층
전화 02-704-1724
팩스 02-703-2219 **이메일** dasanbooks@dasanbooks.com
홈페이지 www.dasanbooks.com **블로그** blog.naver.com/dasan_books
종이 (주)한솔피앤에스 **출력·인쇄** (주)갑우문화사 **후가공** 평창P&G **제본** 정문 바인텍

ISBN 979-11-306-3070-0(03830)

다산북스(DASANBOOKS)는 독자 여러분의 책에 관한 아이디어와 원고 투고를 기쁜 마음으로 기다리고 있습니다.
책 출간을 원하는 아이디어가 있으신 분은 다산북스 홈페이지 '투고원고'란으로 간단한 개요와 취지, 연락처 등을 보
내주세요. 머뭇거리지 말고 문을 두드리세요.